La sirena - 5 relatos sexys

Katja Slonawski

La sirena - 5 relatos sexys

LUST

La sirena - 5 relatos sexys
Original title:
La sirena - 5 sexy stories

Translated by Begoña Romero
Copyright © 2018 Katja Slonawski, 2020 LUST, Copenhagen.
All rights reserved
ISBN 9788728246092

1. POD edition

Nochevieja

La Navidad estaba a la vuelta de la esquina. Todavía no había ni rastro de nieve, pero una gélida llovizna que amenazaba con quedarse hasta Nochebuena barría la ciudad. Milla había hecho planes para Navidad y Año Nuevo hacía más de seis meses; planes que se habían ido al traste el mes anterior, en el preciso instante en que su novio le había confesado que ya no la amaba y se había marchado de casa. Hacía ya algún tiempo que la relación no funcionaba, y quizá por eso Milla dejó que él se marchara sin hacer un gran drama. Entendió que lo suyo se había terminado y el porqué. Acordaron una fecha para reunirse; repartieron sus pertenencias, arreglaron el papeleo, cancelaron el viaje de Fin de Año a Berlín y decidieron que, por el momento, Milla se quedaría en el apartamento. El proceso de separación había sido breve y discreto, y llorar por el fracaso de la relación no entraba dentro de sus prioridades más acuciantes, pero ahora, a dos semanas del comienzo de las festividades navideñas, no tenía acompañante a quien llevar del brazo a dos días de las celebraciones más importantes del año.

A Milla estar soltera nunca le había supuesto ningún problema. A decir verdad, era un poco solitaria. Sus amigos, todos ellos con pareja estable, le decían que debía volver al mercado de solteros y salir con alguien, como si fuera igual que ir al mercado semanal en la plaza mayor los sábados de doce a cuatro. No es que no lo hubiese intentado; desde que trabajaba como fotógrafa por cuenta propia y tenía un horario flexible, disponía de bastante tiempo libre entre proyectos y había matado el tiempo investigando lo que tenían que ofrecerle las aplicaciones de citas. Pero aun así le resultaba un poco raro. A Milla y a su ex los habían presentado unos amigos en común hacía siete años y no estaba acostumbrada a tener que anunciarse a desconocidos en la red; le parecía que se exponía demasiado. Lo que sí es cierto es que le encantaría conocer a alguien con quien celebrar la Nochevieja, aunque no fuera más que una cita puntual que no diese pie a nada más. Sentía que la separación había retirado la alfombra que tenía bajo los pies, que se había llevado su red de seguridad, mostrándole la realidad en toda su crudeza. ¿Quién era en realidad? ¿Qué iba a hacer durante el resto de su vida? ¿Cómo iba a conseguir una cita antes de Nochevieja?

Ese tipo de pensamientos fueron el detonante de una conversación en su clase de alfarería. Milla se había matriculado en un curso de tres trimestres en una escuela de bellas artes para aficionados. Después de haber pasado prácticamente toda su vida profesional tomando fotografías de objetos que resultaban en imágenes planas y de dos dimensiones, cada vez se sentía más atraída por las creaciones tridimensionales. Además, modelar la arcilla en un torno de alfarero con las manos descubiertas tenía un efecto terapéutico en su estresante estilo de vida, madrugando por las mañanas y con la inseguridad que supone un trabajo por cuenta propia. Aparte de un grupo de jubilados que parecían apuntarse colectivamente a cualquier curso disponible, había tres personas de edad más cercana a la de Milla, lo que provocó que en el curso se crearan dos pandillas de modo casi natural: una formada por las más jóvenes y otra por los mayores. En los descansos, el grupo de las jóvenes, del que Milla formaba parte, mantenía conversaciones sobre los temas más diversos. En esa ocasión, la conversación versaba sobre las celebraciones de Navidad y Nochevieja, y los planes de cada una para las vacaciones.

—Yo voy a bajar hasta Lund a visitar a mi hija —dijo Gisela, una mujer alta de cabellos rubios de cuarenta y pico años, que a Milla le resultaba extremadamente avasalladora—. No quería dejar a su novio solo en Escania, así que me voy a acercar yo hasta allí abajo en lugar de venir ella aquí. ¡Llevan dos meses saliendo! —acabó Gisela, mirando al techo con exasperación.

—Yo voy a pasar las fiestas en casa de mi hermana con su familia. Mis hijos se van con su padre. Esta es la primera Navidad que estoy sin ellos, así que todo es nuevo —explicó Soraya, que se había divorciado aquel pasado verano. Soraya se ajustó las gafas, mesándose un mechón de cabello oscuro que empezaba a mostrar las primeras canas.

Karin, una muchacha de cabellos cortos y sin vida, que se vestía como una mujer mayor y de la que Milla sospechaba que padecía timidez crónica, como de costumbre no abrió la boca,.

Gisela le dio un ligero empujoncito a Karin y esta alzó la vista, recorriendo rápidamente la estancia con la mirada.

—Con papá —dijo en un tono apenas audible—. Voy a celebrar las fiestas con mi padre.

Milla les comentó que iba a pasar las navidades sola, pero que se estaba planteando participar como voluntaria con una asociación de la zona, ya que no tenía mejores planes. Cuando pasaron a hablar de Nochevieja, resultó que Gisela y Soraya no tenían planes.

—Yo tampoco —confirmó Milla.

Karin negó con la cabeza. Una llama iluminó la mirada de Gisela, un gesto que Milla había visto antes, cuando Gisela tenía alguna idea para una nueva pieza de arcilla y le salía la vena autoritaria.

—Entonces, chicas —Gisela las miraba a las dos con aire de estar planeando una conspiración —. ¿No os parece que es el momento de organizar una cita a ciegas colectiva? Podemos poner un anuncio en un periódico local y hacernos pasar por una sola persona que busca acompañante, y luego ya veremos quién se acerca a quién esa noche.

—¿Y quién organiza una cita en Nochevieja? ¿No nos arriesgamos a acabar con algún desesperado sin vida social? —inquirió Milla.

—¿Como nosotras tres? — respondió Gisela con aspereza.

Milla se quedó en silencio.

— Salimos en grupo y, si alguna de nosotras tiene suerte, se puede ir con su acompañante, y si no, pues salimos las chicas solas y nos lo pasamos bien juntas.

—¿Y qué pasa si al final una de nosotras se queda sola? —dijo Karin en voz baja, insinuando claramente que se estaba refiriendo a ella misma.

—De eso ya hablaremos llegado el momento —zanjó Gisela, quitándole importancia a las preocupaciones de Karin—. Lo que importa es pasarlo bien, chicas. ¿Qué os parece, os animáis?

Milla miró a Soraya, que asintió con la cabeza. Karin esbozó una tímida sonrisa y Gisela puso cara de triunfo. Milla se encogió de hombros; al fin y al cabo, tampoco tenía una mejor alternativa.

Las vacaciones de Navidad resultaron de lo más tradicionales, a excepción de que en vez de nevar llovió con rencor, aunque por fortuna la lluvia escampó en algún momento entre Navidad y Año Nuevo. No obstante, a Karin la lluvia le resultaba agradable. Le gustaba escuchar el sonido de las gotas de lluvia golpeando el cristal de la ventana por las noches, desde la cama. Su pasatiempo favorito en Navidad —en realidad, durante todo el año— era disfrutar de un buen libro acurrucada en uno de los sillones junto a la ventana con una taza de té. Por momentos miraba por la ventana y contemplaba a la gente que estaba allí fuera, o los árboles del parque; una buena manera de no perder el contacto con el mundo y de permanecer en sintonía con las estaciones. Durante las vacaciones de Navidad había conseguido acabar cinco libros, uno por día, como si no tuviese nada más que hacer. Ese año se había decantado por literatura romántica algo cursi, mejor todavía si era una serie y si tenía un toque de erotismo. Así que parte del tiempo lo había pasado en la cama, con un vibrador y fantasías inspiradas en sus libros como compañía. Desde que Gisela había mencionado la idea de una cita en Nochevieja, se había despertado en ella un nuevo interés por el sexo. Hacía ya tiempo que no tenía una cita con una persona de carne y hueso, lo cual era, sin lugar a dudas, mucho mejor, pero no se le daban demasiado bien las conversaciones triviales. Nunca sabía muy bien qué decir o lo que se esperaba de ella. Cuando por fin llegó Nochevieja, había tenido tiempo suficiente para explorar su propio cuerpo y sus deseos sexuales, así que se encontraba lista para conocer a alguien. A Karin se le daba bien escribir, así que le habían encomendado la tarea de redactar el anuncio por palabras, y este fue el resultado:

> Mujer sin compañero desea conocer a alguien con quien pasar la noche.
> Podrás encontrarme en el Hotel Palace a las 21:00 en Nochevieja. Llevaré un vestido negro de fiesta.

Gisela lo había enviado a unos cuantos periódicos. Habían decidido lo del vestido negro para que a las cuatro les resultase fácil adaptar la descripción del anuncio a su propio estilo. Ahora solo faltaba presentarse en el lugar acordado y esperar.

Karin no se levantó hasta tarde el día de Nochevieja, pues se había quedado hasta altas horas de la noche leyendo otro de los libros de la serie *Outlander* y había soñado con praderas verdes y tartán escocés. Aún medio adormilada, se giró para coger el vibrador de su mesita de noche y lo encendió. Comenzó a masajearse la parte interna de los muslos para alcanzar el grado de excitación que necesitaba para usar el vibrador. No obstante, en su imaginación no era el protagonista masculino quien la acariciaba, sino la fogosa heroína de la historia. Karin invocó con la mente los rizados cabellos de tono castaño claro y la suave y elástica piel de la protagonista, y de pronto le vino a la cabeza Milla, de la clase de alfarería. Karin se sintió algo azorada, pero decidió no hacerle demasiado caso. Las cuatro habían quedado aquella tarde, y seguramente por eso le vino a la mente su compañera. Por otra parte, Karin estaba convencida de que Milla era heterosexual y, además, nunca sabría lo que se le pasaba por la mente en sus momentos íntimos, así que ¿qué más daba que tuviese una pequeña fantasía? Karin separó ligeramente las piernas, despejando el camino para la mano, y con dos dedos fue recorriendo los labios vaginales de arriba a abajo, suspirando de placer a medida que el cosquilleo se iba extendiendo hacia el vientre y hacia las piernas. Agarró el vibrador y presionó con él la parte externa del monte de Venus, descendiendo desde el hueso púbico hasta el clítoris. Imaginándose que eran los vibrantes dedos de Milla los que le provocaban esta sensación, Karin aparcó todo sentimiento de pudor y se centró en disfrutar. Las vibraciones iban ganando intensidad y sintió cómo retumbaban en su cuerpo como fuegos artificiales.

Cuando decidió que ya había jugado lo suficiente, se levantó de la cama, se dio una ducha y cambió las sábanas por primera vez en un mes. No pensaba enrollarse con nadie aquella noche, pero no iba a correr ningún riesgo; si tenía la tremenda suerte de ligarse a alguien, por lo menos quería dar la impresión de ser medianamente normal. Karin nunca había tenido pareja estable, solo un par de «follamigos» más o menos fijos en el pasado, pero de aquello hacía mucho tiempo. Era bastante joven cuando descubrió que los chicos no la atraían, y las lesbianas jóvenes de la ciudad eran, por lo general, chicas frívolas y poco sinceras, más interesadas en encontrarse a sí mismas y en buscar una identidad, que en conocer a alguien con quien compartir su vida. Karin no era la excepción, había dado lugar a una serie de superficiales aventuras amorosas de mayor o menor duración, pero no mucho más. Dudaba mucho que el bar del Hotel Palace se encontrase abarrotado de jóvenes lesbianas, pero había aceptado la alocada sugerencia de Gisela porque… bueno, porque en realidad no tenía ningún otro plan para Nochevieja. Aunque prefería quedarse en casa leyendo, hasta ella misma podía ver que resultaba un poco triste y penoso empezar el año encerrada en casa y sin compañía, así que decidió darle una oportunidad.

Se pondría el único vestido negro que tenía, de manga corta y cuello alto, que le daba aspecto de colegiala. En los últimos años había hecho un esfuerzo consciente por llevar ropa *vintage* de los años cuarenta como parte de un *look* planeado, y la mayor parte de su vestuario consistía en vestidos camiseros y jerséis tejidos a mano de aquella década. También había invertido mucho tiempo en tratar de perfeccionar el peinado corto y ondulado, pero este no acababa de funcionar en su aburrido cabello castaño claro. Le apetecía teñirlo de rojo, pero aún no se había atrevido. Había pasado un buen rato delante del espejo, tratando de encontrar algo que la hiciera parecer más elegante. El negro le daba un aspecto desaliñado; si al menos se hubiese teñido el pelo para la ocasión… aquello le hubiese dado ese toque especial.

A las siete en punto, Soraya se calzó los brillantes zapatos de charol y se puso el abrigo antes de montarse en el taxi que la esperaba para conducirla al Hotel Palace. Su plan era encontrarse allí con sus compañeras, cenar y luego trasladarse a la zona del bar para el experimento de aquella noche. El taxi la llevó directamente hasta la entrada del hotel. Durante el viaje mantuvo una animada conversación con el taxista, que le dijo que se esperaban heladas durante la noche y que tuviera cuidado de no resbalar con aquellos zapatos de charol. Ella le prometió que así lo haría. Hacía un par de días que no llovía, pero en aquellos momentos el cielo presentaba un aspecto inquietantemente oscuro. Se preguntó si caerían más chaparrones aquella noche y, en caso afirmativo, si los fuegos artificiales se verían afectados.

Las otras se acababan de sentar a la mesa cuando llegó. La escena le resultó muy acogedora, iluminada por una vela y con una botella de vino espumoso en una cubitera. Al verla, las tres chicas sonrieron, haciéndole señas para que se les uniese. Soraya no tenía ninguna expectativa para aquella noche, ninguna en absoluto. Más que nada, le hacía ilusión tener compañía y supuso que no se iba a quedar hasta muy tarde. Desde luego, no albergaba esperanzas de que ningún hombre la eligiera de entre una multitud, a sus cincuenta años recién cumplidos y con alguna que otra cana en una cabellera por lo demás oscura. Si, en el mejor de los casos, algún hombre se mostraba interesado, no estaba del todo convencida de que el sentimiento fuera mutuo. Siempre le habían gustado los caballeros clásicos de ficción, esa clase de hombre que ni siquiera existe en la vida real y cuya mejor representación se puede encontrar en una pantalla de cine, concretamente en una antigua matiné en blanco y negro. Curiosamente, se había acabado casando con un ludópata de panza protuberante que se reía de sus propios chistes. Soraya era una romántica empedernida, el tipo de persona que sueña con contemplar las estrellas y hacer una escapada romántica a Venecia, con lo que se había sentido extremadamente desdichada e insatisfecha en su matrimonio. El divorcio había tenido lugar en julio, pero no esperaba que el futuro fuera a ser más romántico. Sabía que era demasiado mayor para esas cosas, aunque al menos se había liberado de la persona que le impedía avanzar. Sentada a la mesa con sus tres compañeras después de haber pedido la cena, cayó en la cuenta de que nunca había celebrado de verdad el divorcio.

—Propongo un brindis —se oyó decir a ella misma— por este año y por el que viene.

Las otras tres levantaron las copas, exclamando «¡salud!». Acto seguido, pidieron otra ronda de champán.

Justo antes de las nueve, procedieron a trasladarse a la zona del bar. Acordaron sentarse en cuatro puntos distintos del local, de modo que pudiesen verse las unas a las otras, pero sin dar lugar a ninguna confusión, puesto que el plan era que los candidatos anónimos se acercasen a ellas y no al revés. La idea había sido de Gisela, y a Soraya le pareció divertido, aunque no esperase gran cosa de esta velada. Hicieron una visita al baño antes de pasar a ocupar sus respectivos asientos. Soraya se sentó en un sofá de terciopelo con vistas al bar y a la entrada. Le latía el corazón con fuerza. Era todo muy emocionante, como si estuviese en una película o una obra de teatro y tuviese que representar un papel. Tras quince minutos en los que no pasó absolutamente nada, esa inicial oleada de entusiasmo empezó a decaer. Soraya cayó en la cuenta de que no había pedido nada de beber desde su llegada al bar, pero no estaba segura de si le estaba permitido acercarse hasta la barra o si tenía que quedarse donde estaba. Inspeccionó la estancia: en primer lugar vio a Gisela, que estaba en la barra, acompañada de un hombre, luego a Milla, inclinada sobre una mesita alta jugando con la pajita dentro del vaso y, por último, a Karin, que estaba un poco más alejada, sentada junto a una mesita de café, con la mirada fija en su regazo. Entonces, Soraya detectó la presencia de un hombre que acababa de trasladarse del restaurante a la zona del bar y que se había situado cerca de la barra, a escasa distancia de Gisela y su acompañante. Iba elegantemente vestido, con traje, una bufanda roja de lana alrededor del cuello y un abrigo colgado del brazo. Tenía los cabellos de las sienes grises y un aspecto que le recordaba a Frank Sinatra. Miró en su dirección y sus ojos se clavaron directamente en Soraya, a quien se le cortó la respiración. Aquellos ojazos, aquella mirada profunda y sensual. Sintió una conexión instantánea con él y, por unos instantes, el mundo a su alrededor dejó de existir. Vio que le pedía al barman dos Martinis y que luego, con sendas copas en las manos, comenzó a caminar hacia ella. El hechizo se había roto y Soraya regresó al mundo real. Cuando descubrió que se dirigía hacia ella, le entró el pánico y empezó a inspeccionar la estancia con el objetivo de encontrar algún tema de conversación. No se había planteado en serio la posibilidad de tener que hablar con un desconocido aquella noche, pero a él le bastaron un par de segundos para llegar hasta ella, así que tenía que decir algo.

—He venido con mis amigas —se justificó abruptamente, con los nervios descompuestos, haciendo que él se detuviese, con aire confundido.

—Entonces, ¿no quieres compañía? —inquirió.

—No —respondió ella—. Digo, sí. Sí, me encantaría disfrutar de tu compañía, no me hagas caso.

Soraya notó que se le ponía la cara como un tomate y que balbuceaba, lo cual no era precisamente el mejor de los comienzos. ¿Cuándo había sido la última vez que un hombre le había hecho perder la compostura? Quizás cuando tenía veinte años, lo que es seguro es que hacía mucho, mucho tiempo.

—¿Me puedo sentar? —preguntó, señalando con la cabeza el espacio libre en el sofá, al lado de ella. Soraya asintió y él le puso delante una de las copas. Volvió a sentir aquella conexión y el ambiente entre ellos la hizo sentir cálida y alegre por dentro.

—Te vi en el restaurante y me pareciste tan hermosa que dejé plantados a mis amigos para venir a saludarte.

Lo dijo con una voz tan amable y honrada que no pudo dudar de su palabra. Al mismo tiempo, no pudo dejar pasar por alto que había utilizado la frase para ligar más vieja de la historia: «eres guapa». Era plenamente consciente de que era una mujer posmenopáusica, con todo lo que ello conlleva, y que nunca podría competir en atractivo con otras mujeres más jóvenes. Pese a todo, le dio amablemente las gracias. Él le preguntó por qué no se había sentado con sus amigas y ella le hizo reír abiertamente en cuanto le hizo, sin más rodeos, un resumen de su plan. Soraya pensó para sí misma que tenía una risa encantadora, y sintió que unas mariposas habían conseguido encontrar el camino hasta su estómago. Se presentaron. Se llamaba Kjell y trabajaba en el departamento de ventas de una gran empresa. A partir de ahí, no conseguiría recordar de qué hablaron exactamente, pero sí el sentimiento que la invadió: aquella sensación de verdadera proximidad, de sentirse segura. Se acercó más a él, que le posó la mano sobre uno de los muslos.

El contacto hizo despertar algo dentro de ella, y por primera vez en mucho tiempo se permitió sentirse deseada. No había experimentado aquel calor en la entrepierna desde que vio la película Titanic por enésima vez en pleno duelo por su divorcio.

—¿Sabes? Me voy a quedar en el hotel esta noche, ¿hay alguna manera de convencerte para que te quedes conmigo? Todos mis amigos tienen pareja con quien pasar la noche.

Soraya confirmó que le encantaría, así que decidieron encaminarse a su habitación y Kjell sugirió llamar al servicio de habitaciones. Ella empezaba a estar ya un poco achispada y por un instante se paró a reflexionar sobre si irse con un desconocido a la habitación de un hotel era un completo disparate o sobre si no estaría demasiado nerviosa como para llevar a cabo lo que estaba a punto de suceder. Lo que quiera que fuese. Dejaron las copas sobre la mesa y se dirigieron al ascensor.

Soraya no consiguió localizar a Gisela, pero tanto Milla como Karin se encontraban en sus respectivos asientos, solas. Kjell le rodeó la cintura con los brazos y la atrajo fuertemente hacia él. Ella sentía cómo el calor, ahora palpitante, de su entrepierna, iba aumentando y se aferró con más fuerza a él. El ascensor estaba vacío, y antes incluso de que las puertas se cerrasen por completo, la besó. Soraya, cogida por sorpresa, dejó escapar una risita nerviosa; no pensaba que fuera a pasar nada hasta que los dos hubiesen bebido un poco más, pero dejó que continuase. Tras un breve episodio de confusión, buscó sus labios y respondió a sus avances. Él cambió de postura y le recorrió todo el cuello con los labios, hasta llegar a la clavícula. Soraya contuvo la respiración. Cuando aún estaba casada, su marido nunca le había hecho nada parecido. Kjell le agarró un muslo y le separó ligeramente las piernas.

—¿Puedo? —pidió permiso.

Soraya asintió y tuvo que imaginarse que estaba soñando para conseguir mantenerse de pie contra las paredes del ascensor. De rodillas, Kjell le recorrió los muslos a besos hasta llegar a las braguitas, que apartó delicadamente hacia un lado. Soraya respiró entrecortadamente cuando él procedió a recorrer con sus besos la delicada y fina piel de la ingle. Sin previo aviso, el ascensor emitió un pitido y las puertas se abrieron. Kjell se puso en pie, le dio la mano a Soraya y la condujo a su habitación.

Ya dentro, la colocó delicadamente de espaldas contra la robusta puerta y con una leve inclinación se acercó aún más a ella. Soraya estaba demasiado embelesada con la situación y demasiado excitada como para atreverse a hacer otra cosa que no fuera seguir sus movimientos. Tenía miedo de estropear el ambiente y la tensión sexual, miedo de que él se detuviese si ella se atrevía a hablar. Él volvió a arrodillarse frente a ella y murmuró algo acerca de continuar donde lo habían dejado, y volvió a posar sus labios sobre la delicada piel de la ingle, justo donde comenzaba el vello púbico. Aunque a él no parecía importarle lo más mínimo, puesto que en el momento en que Soraya iba a pedirle disculpas por no ir depilada, se inclinó hacia adelante para inhalar su esencia. Soraya tenía los ojos cerrados. Los labios de Kjell le besaban la vulva con una cadencia suave y rítmica, al mismo tiempo que le sujetaba los muslos con más fuerza. Aquel contraste entre violencia y ternura la hizo derretirse; se sentía como plastilina en sus manos. Kjell apoyó una de las piernas de Soraya sobre su hombro, separándoselas aún más, y empezó a hacer movimientos con la lengua hacia adentro y hacia afuera, adelante y atrás. Ella se dedicó a disfrutarlo.

Gisela, en cambio, no se lo podía creer. A Soraya, la mayor y más sosa de las cuatro con diferencia, se le había acercado un tipo atractivo que, encima, parecía agradable, pues se reían y charlaban animadamente. Bien es cierto que era algo mayor para su gusto, pero sabía reconocer la calidad cuando la tenía delante. En cambio, a ella le había tocado en suerte un pretendiente con el que no tenía absolutamente nada en común y al que, además, le sudaban las manos de una manera horrorosa. ¡Qué injusta es la vida! Esto había sido idea de Gisela y, si existe la justicia universal, el hombre más atractivo de la sala tendría que estar con ella antes de que finalizara la noche. Al menos su compañero había sido puntual y se había presentado exactamente a las nueve en punto, pero desde su llegada había estado monologando sobre sí mismo. Si había algo que le quitaba las ganas a Gisela era un hombre que no fuera capaz de verla. Ella necesitaba que la venerasen, no quedarse sentada escuchando a un tipo repelente que ni siquiera tenía la cortesía de devolverle las preguntas. Así pues, después de quince minutos de conversación se excusó, diciendo que no se sentía demasiado bien y que tenía que ir al baño. En cuanto cruzó el umbral de la puerta de los aseos la invadió una sensación de alivio. Echó un vistazo a las redes sociales en el móvil; todos sus conocidos habían subido fotos de ellos, de sus parejas y de sus invitados.

Después de diez minutos en el baño, regresó sigilosamente al bar e inspeccionó la estancia en busca de su pretendiente. Seguía allí, lo que le hizo exhalar un suspiro de frustración. Se planteó escabullirse del hotel e ir en busca de otro bar, pero decidió que eso supondría rendirse y ella no era de las que tiraban la toalla. Así que optó por situarse en una zona recogida del bar desde la que podía vigilar sin ser vista a su acompañante. Él no se movió, pidió dos cervezas, se las terminó y, al final, casi una hora después de que ella lo hubiese abandonado, decidió marcharse, serpenteando hacia la salida con pasos inestables. —¡Bravo! —dijo Gisela para sus adentros, y al cabo de diez minutos regresó a la barra. El barman, un chico joven con el cabello meticulosamente peinado, arqueó las cejas al verla sentarse en el mismo taburete que había ocupado antes y pedir algo de beber.

—Creo que tu amigo se acaba de marchar —dijo, mientras le preparaba la bebida.

—¡Hum! —respondió Gisela mientras rebuscaba en el bolso, tratando de encontrar la tarjeta para pagar.

—¿Me equivoco si digo que esta noche buscas otra cosa? —continuó el barman, en tono seductor.

Gisela alzó la vista y lo diseccionó con la mirada. Era atractivo, de eso no cabía duda, pero demasiado joven. Bufando, le dio la tarjeta y le advirtió: —Mira, niño, tengo edad suficiente como para ser tu madre.

Él le cogió la tarjeta de la mano, le dio la vuelta para leer el nombre y se la devolvió.

—Entonces, seguramente puedas enseñarme una cosa o dos —continuó, guiñando el ojo.

Al oír eso, algo dentro de Gisela la impulsó a entrar en acción. El muchacho la estaba mirando fijamente, haciéndola sentir importante y deseada.

Gisela se quedó sentada junto a la barra hablando con el barman, mientras recorría su cuerpo firme y juvenil con la mirada. Él le contó que estaba estudiando derecho y que trabajaba en el bar para sacarse un dinero extra. Gisela no se estaba tomando la situación demasiado en serio, pero tuvo que admitir que se lo estaba pasando bien. Transcurrió otra hora y, justo antes de las campanadas, todos los asistentes se arremolinaron en torno a la barra para pedir algo de beber antes de desplazarse a la terraza, desde donde se disfrutaban de las mejores vistas de los fuegos artificiales. Cuando hubo servido la última copa de champán, el barman se volvió hacia Gisela y le pidió su opinión sobre los fuegos artificiales en general.

—Son bonitos, pero creo que se les da más importancia de la que tienen —replicó.

Él asintió con la cabeza, sonriendo.

—¿Prefieres hacer otra cosa cuando den las campanadas? —le preguntó, contemplándola con ojos resplandecientes y curiosos que la hicieron sentir interesante.

Le respondió que sí, que se apuntaba a lo que fuera, suponiendo que se refería a quedarse charlando en la barra, pero en vez de eso, se quitó el delantal, abrió la portezuela de la barra y se acercó a Gisela. La cogió de la mano y le propuso: —Ven conmigo, te voy a enseñar una cosa.

La condujo hasta una diminuta puerta al otro lado del bar que abrió con llave. Tras la puerta se ocultaba una estancia mal iluminada en la que se acumulaban las cajas y las botellas, y al fondo pudo distinguir una pequeña ventana que daba al canal. En aquel momento, Gisela tuvo la revelación de que la diferencia de edad no importaba en absoluto, solo quería pasárselo bien. Se giró hasta ponerse frente a él y de un empujón cerró la puerta tras ella.

—Así que… puedo enseñarte una cosa o dos, ¿no? —dijo con voz ronca, atrayéndolo hacia ella.

Él se quitó la camiseta de color oscuro, dejando al descubierto un torso firme y perfectamente musculado. Gisela se detuvo a pensar en el tipo de hombre con el que solía quedar en esos tiempos. Normalmente eran mayores que ella y relativamente poco interesantes; nunca se le ocurrió que podía ligarse a alguien más joven, como ahora. El barman de nombre todavía desconocido le hizo dar la vuelta y empezó a desabrocharle el vestido. El sonido de los fuegos artificiales en el exterior le indicó a Gisela que debían hallarse a escasos minutos de la medianoche. Hacía un buen rato que no veía a Milla ni a Karin y se preguntó si habrían conocido a alguien o si estarían en la terraza con el resto de los presentes. El barman la besó en la parte posterior del cuello mientras le bajaba la parte superior del vestido y le desabrochaba el sujetador negro, que aterrizó delicadamente en el suelo. Gisela apretó su espalda contra el pecho de él y pudo sentir la calidez de su cuerpo.

—Me llamo Gisela, ¿y tú? —preguntó cuando lo sintió detrás de ella, empezando a acariciarle los pechos.

—Encantado, Gisela. Yo me llamo Simon —se presentó, y ella le cubrió las manos con las suyas para mostrarle exactamente cómo le gustaba que la tocasen. Por la ventana llegaban las ruidosas explosiones de los fuegos artificiales, y entonces el reloj dio las doce campanadas.

—¡Feliz año nuevo! —exclamó Simon, besándola.

Gisela se subió el vestido y guio la mano del joven hacia su entrepierna. Él introdujo dos dedos dentro de ella y la masturbó con movimientos rítmicos. Gisela emitió un gemido y supo que estaba preparada para llegar hasta el final. Podía sentir el miembro erecto de Simon contra sus nalgas y empezó a desabrocharle los pantalones. Al verse empujada contra la diminuta ventana, colocó ambas manos sobre el alféizar. Simon se bajó los pantalones, le bajó las medias y empezó a frotar su polla endurecida contra la raja de Gisela. Esta miró hacia el canal, viendo cómo los colores de los fuegos artificiales se reflejaban en el agua, y cuando Simon la penetró apenas tuvo tiempo de pensar que era una suerte que los fuegos artificiales hiciesen suficiente ruido como para ahogar sus gemidos de placer. A partir de ese momento se concentró exclusivamente en las rítmicas embestidas de Simon, que entraba en ella una y otra vez, y en la sensación de tenerle en su interior.

Milla había visto que Gisela regresaba a la barra después de haber estado confinada a un rincón aislado durante un buen rato. La situación resultaba bastante cómica, y Milla se preguntó si Gisela estaría disfrutando de la velada. Soraya se había esfumado en compañía de un caballero mayor hacía ya un tiempo, durante el cual Milla había pasado de esperar a su pretendiente bebiendo a sorbos una sofisticada bebida a beber cerveza y a jugar con el móvil. Cerca de las once, Milla se acercó a la barra y pidió dos cervezas, que llevó hasta la mesa de Karin.

—¿Te importa? —preguntó, señalando con un gesto la silla contigua a la de Karin, que alzó la mirada mostrando un gesto de auténtico alivio.

—En absoluto. ¿Tú también te empiezas a cansar de todo esto? —dijo Karin en un tono de voz apenas audible, como si estuviese hablando sola.

—¡Ajá! —respondió Milla.

—¿Qué tal te lo estás pasando? —prosiguió Karin, y a Milla le sorprendió descubrir lo sociable que estaba siendo. En las clases de alfarería se había llevado la impresión de que Karin era una chica callada y pensativa. «A lo mejor es porque se ha tomado unas cuantas copas», se dijo a sí misma.

—Pues la verdad es que no; me lo habría pasado mucho mejor si nos hubiésemos quedado las cuatro juntas el resto de la noche —confesó Milla.

—Me parece que Soraya no piensa lo mismo —dijo Karin con una sonrisa.

Las dos rompieron a reír y comentaron lo enamorados que parecían Soraya y su acompañante cuando se dirigían hacia el ascensor.

—¿Qué crees que estarán haciendo ahora mismo? —preguntó Karin, y Milla le dio un puñetazo amistoso en el brazo.

Milla descubrió que se había formado una imagen completamente equivocada de Karin: la chica tenía sentido del humor.

—Entonces, ¿has visto a algún tío bueno por aquí? —preguntó Milla, y prosiguió— Creo que casi todos son de una generación mayor que la nuestra. A excepción del camarero, pero me parece que a ese se lo ha agenciado Gisela.

Karin tomó un sorbo de cerveza. En su cara se dibujó una sonrisa maliciosa.

—No me gustan los hombres —dijo—. Quiero decir, no en ese sentido.

—¿Y por qué no habías dicho nada? —Milla se había quedado anonadada—. Podríamos haber cambiado el anuncio…

—Ah, no importa —respondió Karin, bebiendo otro sorbo de cerveza—. Así puedo pasar más tiempo contigo, ¿no?

Su comentario confundió a Milla. ¿Estaba Karin tratando de tirarle los tejos? Y si era ese el caso, ¿qué le parecía?

Y entonces, un fuerte impulso de «qué demonios» le recorrió el cuerpo y se bebió la cerveza de un trago.

—Entonces, ¿nos vamos? —dijo Milla, poniéndose en pie.

—¿A dónde? —Karin parecía aturdida.

—A tu casa —sonrió Milla.

Karin dejó escapar una sonora carcajada y se quedó observando la expresión en el rostro de Milla, como esperando el final del chiste.

—¡Vale! —acabó aceptando Karin, que también se incorporó.

—¡Estupendo! — dijo Milla.

Durante los casi cuarenta y cinco minutos que las separaban de la casa de Karin fueron charlando animadamente, y Milla cayó en la cuenta de que nunca le había hecho a su compañera ninguna pregunta personal. Resultó que tenían bastante en común. Al igual que Milla, Karin tenía su propia empresa y las dos trabajaban en el sector creativo, si bien Karin trabajaba con documentos y manuscritos. Les gustaba el mismo tipo de literatura y veían las mismas series. Milla se lo estaba pasando tan bien que se olvidó de hacia dónde se dirigían y con qué objetivo, pero una vez estuvieron enfrente de la puerta principal del edificio de Karin, titubeó. Karin abrió la puerta y subieron al piso. Antes de cruzar el umbral de la puerta, Milla sintió que tenía que dar una explicación, así que carraspeó y dijo:

—Bueno, es que… nunca me he acostado con una mujer. No es que tenga prejuicios, pero lo cierto es que no sé cómo funciona.

Karin la contempló bajo la escasa iluminación del hueco de las escaleras.

—No pasa nada si no quieres follar —dijo.

—Pero es que creo que sí quiero —fue la respuesta de Milla.

—Entonces yo te enseño —sonrió Karin, arrastrando a Milla hacia el vestíbulo.

Después de haberse quitado los abrigos y los zapatos la una a la otra y dejarlos amontonados, empezaron a besarse y a acariciarse en dirección a la cama. En un piso de un solo dormitorio como el de Karin, las distancias eran cortas. Se desabrocharon mutuamente los vestidos, desnudándose la una a la otra, sin dejar de besarse. Karin besaba estupendamente, y Milla descubrió que deseaba atraerla hacia ella, sentirla más cerca y más adentro. Se tumbaron sobre la cama y empezaron a tocarse y acariciarse. Al principio, Milla se había encontrado un poco desorientada sin la presencia de un pene duro como una piedra, pero en aquel instante se sentía liberada. La piel de los pechos de Karin resultaba muy suave y elástica en contacto con los suyos. Con las manos entrelazadas y con el ruido de fondo de los fuegos artificiales, se acariciaron la entrepierna y el vientre, mesándose mutuamente el cabello. Milla perdió la noción del tiempo y se olvidó de cualquier realidad que no fuese lo que estaba sucediendo entre las sábanas arrugadas de Karin. Cuando esta la lamió, no se pudo concentrar en nada que no fuera la increíble sensación provocada por aquellos suaves labios que le chupaban y le lamían el clítoris. Aquella noche tuvo el orgasmo más fuerte e inmenso de su vida. Tumbada al lado de Karin, acarameladas en un estado de ensoñación poscoital, miró por la ventana y pudo distinguir diminutos copos blancos deslizándose por el aire, dibujándose contra el resplandor de la farola. Estaba nevando. Por fin.

Pasión de Pascua

El sol de abril entraba a raudales por el parabrisas, con tal intensidad que la habría cegado de no haber llevado puestas las nuevas gafas de sol. Ellinor daba palmaditas al volante al ritmo de la música, al mismo tiempo que cantaba el estribillo de la conocida canción que sonaba en la radio, principalmente para tratar de olvidarse del dolor de cabeza que aquella fuerte luz primaveral le estaba provocando. Por supuesto que le gustaba la primavera, y le encantaba cuando volvían a subir las temperaturas después del largo invierno, pero no tenía la piel ni los ojos preparados, y el día anterior, a la hora del almuerzo, ya se había quemado ligeramente bajo el sol. Además, había tenido síntomas de migraña durante la semana, aunque el público no pudiera verlo. Ellinor se pasaba la vida retransmitiendo en directo por televisión y era una auténtica experta en maquillaje. Sabía exactamente la cantidad que debía aplicar para disimular cualquier signo de fatiga o enfermedad y había aprendido a sonreír pasase lo que pasase en su vida personal. No había nada que pudiera perturbar su positiva, aunque seria, cara de póquer.

La caravana de coches a la salida de la ciudad parecía no tener fin y Ellinor había acabado por hartarse. Por suerte, aquel atasco provocado por las vacaciones de Pascua se diluía justamente al norte de Uppsala y las dos horas siguientes logró avanzar a velocidad constante a través de un paisaje en el que se iba apreciando una población cada vez más dispersa. Entonces llegaría al pueblo donde se había criado, un lugar con el que mantenía una relación de amor-odio. En realidad, era poco más que una aldeúcha de mala muerte, y la denominación de «pueblo» le quedaba demasiado grande. Había edificios públicos y una pequeña selección de tiendas en torno a una plaza, además de unas cuantas zonas residenciales, pero lamentablemente todavía no disponía de estación de autobuses, biblioteca o *Systembolaget* (una tienda de licores), que eran las únicas tres cosas que le importaban a Ellinor cuando se marchó del pueblo y de casa de sus padres. Aunque habían transcurrido muchos años, todavía recordaba la sensación de algún modo embriagadora de ir con su padre en el coche hasta la estación de autobuses más próxima para irse a vivir a Estocolmo. Emigrar a la gran ciudad, labrarse un futuro y no regresar jamás. Por supuesto que regresaba de vez en cuando, como en las vacaciones de Navidad o de Pascua o en ocasiones especiales, cuando se celebraba algún cumpleaños y la agenda lo permitía. En cuanto a lo de labrarse un futuro, no le había ido del todo mal: le habían concedido el galardón de *Presentadora de noticias del añ o* en varias ocasiones, la primera de ellas cuando tan solo tenía veintitrés años y era una novata en la profesión. La habían descrito como «una bocanada de aire fresco», «una voz única» y «uno de los personajes más influyentes en la historia de la televisión sueca». Cómo había llegado hasta allí, no lo sabía demasiado bien, pues su trabajo consistía simplemente en leer las noticias en voz alta y, de vez en cuando, hacer entrevistas y moderar debates o mesas redondas. Aun así, le estaba muy agradecida a la popularidad porque, principalmente, le había servido para alcanzar un salario que le permitía vivir sola en un piso de dos habitaciones en pleno barrio de Vasastan, en Estocolmo, lo cual era un privilegio reservado para unos pocos. Regresar a sus raíces siempre le servía para recordar lo lejos que había llegado, pero en los últimos tiempos, al recapacitar sobre el tema, se despertaba en ella otro sentimiento. No se trataba de infelicidad propiamente dicha, pero sí quizás de una alegría menos eufórica por haber conseguido entrar en la Casa de la Radiodifusión de Estocolmo. En el último año había estado reflexionando sobre si su puesto actual la hacía más feliz que nunca o si habría llegado el momento de empezar a escribir un nuevo capítulo en su vida. No es que le apeteciera regresar al pueblo, donde el resto de la familia seguía residiendo, por nada del mundo. A Ellinor nunca le había gustado demasiado el aire libre y no echaba de menos vivir en plena naturaleza. Aun así, añoraba una vida menos ostentosa, más sencilla, que no supusiese estar dispuesta a trabajar las veinticuatro horas del día ni fomentase un estilo de vida basado en el lujo y en los gastos excesivos. Al cumplir los cuarenta, se había planteado tener hijos. Una de sus amigas le había recomendado congelar sus óvulos cuando tenía treinta y pocos, y ahora, algo en su interior empezaba a sentirse lo suficientemente mayor y maduro como para asumir aquel tipo de responsabilidad. Ya habría logrado cumplir todos los sueños que había tenido de joven, cuando aún vivía en el quinto pino; además, no le faltaba el dinero y sus padres no vivían tan lejos, aunque ya fueran mayores. Pero nunca les diría ni una palabra de todo eso, pues serían incapaces de mantener la boca cerrada. Ni tampoco a la brusca de su hermana, que no dejaba de dar la lata con lo maravillosos que eran los niños y con que seguramente ya era hora de que Ellinor descubriera las delicias de la maternidad por sí misma. Hasta el momento, Ellinor no había tomado ninguna decisión, así que, por el momento, ese iba a seguir siendo su secreto.

Cuando llegó al bungaló de ladrillos amarillos, el fiable pero aburrido coche SUV de su hermana ya estaba aparcado en la entrada. Ellinor aparcó en la calle, un poco más lejos, y sacó del maletero la maleta de cabina. Siempre que iba de viaje la llevaba como equipaje de mano. Además de la ropa y un neceser de aseo personal, se había traído el portátil y unos cuantos documentos relativos a un nuevo proyecto en el que iba a participar y ayudar a dirigir. Era un nuevo programa de noticias de próximo lanzamiento y los jefes de Ellinor querían que ella, «la voz de la experiencia», formase parte del equipo de producción para así asegurarse que se cumplían los estándares de calidad, hiciese un seguimiento y les diese su opinión. Tendría que encontrar un momento para mirárselo toda aquella noche, mientras el resto de la familia veía la televisión, y esperaba que no les pareciera demasiado mal. Al cruzar la calle tuvo la impresión de que alguien la estaba observando. Sintió un ligero cosquilleo en la parte posterior del cuello, como si alguien acabase de tocarla. Miró a su alrededor, pero no logró distinguir a nadie. Después de tantos años trabajando en televisión, no le molestaba ser el centro de atención, pero la situación la incomodó un poco, ya que no conocía la identidad del fisgón ni tampoco estaba segura de si realmente había una persona observándola. Era una extraña sensación que se desplazó con rapidez desde el cuello hasta el vientre y desde allí hacia más abajo. Respirando con dificultad, Ellinor se apoyó sobre la maleta de cabina para no perder el equilibrio. Nunca había sentido nada parecido en las otras visitas a sus padres. Sin pensar demasiado en el tema, dio media vuelta y regresó al coche. No sabía qué o quién había provocado aquella sensación, pero sí lo que la había apremiado a hacer. En aquel momento no le importó que alguien pudiese verla: se desabrochó los pantalones y comenzó a masturbarse. Los hábiles dedos se deslizaban hacia arriba y hacia abajo por dentro de sus braguitas, con movimientos circulares alrededor del clítoris para ir calentando la zona. Se despertó en ella una familiar sensación de puro deseo que la inundó por completo. Ellinor se paró a pensar por un instante si alguien la estaría viendo en aquel momento, quizás la persona que la había estado observando antes, y qué tipo de titulares aparecerían en la prensa sensacionalista si se les ocurriese hacer fotos e informar a alguno de los periódicos más importantes. «*Famosa presentadora se masturba delante de la casa donde se crio*». Por extraño que parezca, la idea hizo aumentar su excitación. Pasó a hacer círculos más pequeños, a un ritmo más rápido, más cerca del clítoris y con un movimiento semejante a una vibración. Eso siempre funcionaba. Sintió una especie de chispitas entre las piernas y examinó el coche en busca de algo que meterse en el coño, algo contra lo que frotarse, sin demasiado éxito. Su mirada se detuvo sobre la palanca de cambio y se preguntó lo que se sentiría al presionar algo tan grande, duro y brillante contra su sexo. Mierda, ¿por qué no habría traído el vibrador? Aumentó el ritmo un poco más, imaginándose que estaba usando su juguete favorito, y se estremeció de placer.

Ellinor se dirigió apresuradamente a la casa y dejó que el sol poniente de abril le calentase la parte posterior del cuello, en el punto donde había sentido la mirada de su observador secreto. A medida que se disipaban las sensaciones, se sintió agotada y con dolor después del largo viaje en coche y de su momento de pasión a solas, y realmente deseó que nadie la hubiese visto, especialmente su familia. Ellinor llamó al timbre y abrió la puerta directamente sin esperar a que el timbre dejara de sonar en el recibidor. Oyó voces en la cocina.

—Ya está aquí Ellie —dijo la voz calmada y sorda de su padre, seguida de un gritito agudo que su hermana, en avanzado estado de gestación, emitió al asomarse por la puerta con su hijo de dos años colgado de la cadera.

—Hola, Linda —saludó Ellinor, quitándose las botas.

—¡Ellinor, cariño! —exclamó Linda, dándole un efusivo y cálido abrazo.

Ellinor apenas acababa de entrar en la cocina y su familia le estaba dando ya la más calurosa de las bienvenidas, cubriéndola de besos y haciéndole cientos de preguntas. Los cuatro hijos de Linda correteaban fuera de control, mientras los adultos intentaban alzar la voz aún más de lo normal para tratar de ahogar el ruido de los niños. Cuando se sentaron a cenar, Ellinor se sentía completamente exhausta, y eso que aún era Jueves Santo. Comprendió que no le iba a quedar más remedio que escabullirse si quería un poco de paz y tranquilidad para echarle un vistazo a aquellos documentos del trabajo.

Después de la cena, con los niños estratégicamente situados delante del televisor, Ellinor ayudó a Linda a meter los cacharros en el lavavajillas. Para ser exactos, Ellinor se encargaba de los cacharros y Linda descansaba apoyada sobre la encimera. Le faltaban dos semanas para salir de cuentas y se encontraba en un estado de absoluta felicidad, igual que en los cuatro embarazos anteriores. Uno de los pasatiempos favoritos de Linda era el cotilleo, y cada vez que Ellinor venía de visita, aprovechaba para ponerla al día sobre lo que pasaba en el pueblo. Casi nunca se trataba de nada interesante; como mucho, uno de sus antiguos compañeros de clase se había casado o había tenido un hijo, pero ahora que Linda ya había cumplido treinta y ocho años y Ellinor cuarenta y dos, ese tipo de acontecimientos eran cada vez menos frecuentes. Linda se limitó a recitar un monólogo sobre lo horrible que era el nuevo edificio al final de la calle y lo ostentoso y fuera de lugar que se veía en aquella pequeña calle sin salida, por no hablar del ruido de las obras.

—A todo esto, Tina se acaba de venir a vivir al pueblo —añadió, bebiendo un sorbo de refresco.

Ellinor se sobresaltó. No estaba segura de si su hermana se refería aquella Tina en particular, pero si así era… Inclinada sobre el lavavajillas abierto, Ellinor sintió cómo se le aceleraba el pulso.

—Tina… —repitió.

—Sí, ya sabes, aquella vieja amiga tuya —continuó Linda—. Pero no en esa casa de los horrores, gracias a Dios. Vive a solo unos metros de aquí, a lo mejor deberías acercarte a saludarla. Aunque claro, hace tantos años que no habláis…

Ellinor había dejado de escuchar a su hermana; solo podía oír un silbido en los canales auditivos y el amortiguado palpitar de su corazón desbocado. Tina, su primer amor de verdad. Hacía mucho que Ellinor no pensaba en ella, pero aquel verano habían sido inseparables y entonces… Ellinor no había tenido suficiente valor y se había alejado. No había tenido las agallas de confesarle a su familia ni al resto de sus amigos quién era en realidad. En su lugar, había optado por tirar la toalla y romper con Tina, explicándole que para ella no había sido más que un juego que no significaba nada. Naturalmente, Tina había quedado destrozada y directamente habían dejado de hablarse. El verano siguiente, Tina se marchó del pueblo haciendo autoestop en dirección al sur para ir a descubrir el resto de Europa. Para entonces, Ellinor había cambiado de idea y a punto había estado de salir en su busca de ella para pedirle disculpas, pero una vez más había optado por lo más seguro, que era no hacer nada. Poco después, se había ido a vivir a Estocolmo, dejando atrás toda aquella historia. Hacía tantos años… Recordaba perfectamente la cara de la joven Tina, el cabello oscuro, la mirada traviesa, los labios, pero ¿cómo sería su aspecto de mayor?

—Aquí la Tierra llamando a Ellie, ¡hooolaaa! —Linda hacía gestos con la mano delante de la cara de Ellinor, que tenía la mirada perdida.

Ellinor se sobresaltó.

—¿Qué? Ah, perdona, creo que me voy a ausentar un rato a…trabajar. Tengo que hacer una cosa —dijo, notando las piernas blandas como la mantequilla al ponerse de pie.

Con expresión escéptica, Linda preguntó

—¿A trabajar? ¿A estas horas? Jesús, ¡pero si es Jueves Santo!

Ellinor le habló a Linda del nuevo programa y Linda simplemente se encogió de hombros con cara de decepción.

—Bueno, haz lo que quieras —replicó, saliendo trabajosamente por la puerta.

Ellinor se prometió que pasaría todo el Viernes Santo con ellos, para no decepcionar a su hermana, pero ahora necesitaba un poco de espacio para pensar, lejos de allí.

La música retumbaba por los altavoces, demasiado alta como para que Ellinor se pudiese concentrar. Aunque a lo mejor solo estaba fingiendo que trabajaba. Fuese como fuese, le venía bien alejarse un rato de la familia. Y, después de todo, puede que tener niños no fuese la mejor de las ideas, pensó, dado que ella valoraba mucho la paz y la tranquilidad y acababa de experimentar en primera persona el alboroto que montaban. Pero también es cierto que Linda era mucho más fogosa y enérgica que ella.

Ellinor había pedido una copa de vino sin intención de tomársela, simplemente para poder quedarse en el local. A pesar de ser Semana Santa, el único bar del pueblo estaba prácticamente vacío, lo que no impedía que el barman insistiese en subir el volumen de la música al máximo. Ellinor se sentó de espaldas a la puerta, sin prestar demasiada atención a quién entraba o salía. Estaba leyendo el acta de una de las anteriores reuniones de planificación cuando volvió a experimentar aquella sensación que la había embargado unas horas antes, como el recuerdo de un aroma, de una fragancia jugando con su mente, difícil de definir, pero que ciertamente había causado una reacción física. Se le erizaron los vellos de la nuca. Al poco rato, una mujer se sentó a un par de taburetes de distancia de ella y, reconociéndola en un par de segundos, la llamó impulsivamente:

—¡Tina!

Esta se giró hacia Ellinor como si ya se hubiese reparado anteriormente de su presencia.

—Hola, Ellie —la saludó con aquella sensual voz ronca que Ellinor recordaba tan bien. Una voz suave y oscura como de terciopelo. También recordaba lo que una vez le había hecho sentir: fuego, un resplandor interior, un deseo desbocado.

—Perdona —farfulló Ellinor, sonrojándose—. No me di cuenta de que eras tú. ¡Cuánto tiempo! ¿Qué tal todo?

Tina se limitó a sonreír, girándose hacia el barman y pidiendo una cerveza negra. Ellinor tampoco había olvidado aquella sonrisa, los hoyuelos, los labios finos y suaves. ¿Cuántos años haría de aquello? Puede que veinte. No, probablemente fueran más, pensó entre risas.

—¿De qué te ríes? —Tina le sonrió.

Ellinor negó con la cabeza.

—No es nada. Solo que… hace mucho que no nos vemos.

—Sí, muchísimo —concordó Tina.

Aquella noche, después de su encuentro con Tina, Ellinor se fue a dormir con el cuerpo enardecido. El resto de la familia dormía profundamente y ella había entrado a hurtadillas en la casa y se había acurrucado en la cama de la que ahora era la habitación de invitados y que había sido suya cuando era una niña. Se quedó contemplando el techo mientras todo daba vueltas a su alrededor. Tina era la misma chica que recordaba, pero a la vez tenía algo diferente. Habían cambiado muchas cosas, pero Tina seguía provocando sensaciones en su interior y hacía vibrar su cuerpo, llenándolo de vida y energía. Se habían besado, y por más que a Ellinor le costara creerlo, realmente había sucedido. Se habían pasado horas hablando. Tina había vivido muchos años en Italia, donde se había casado con una mujer de Palermo, pero, aunque aquello había terminado hacía años, hacía poco que había regresado a Suecia; haría aproximadamente un año. Ahora era profesora de inglés, francés, italiano y español en el instituto de la localidad. Ellinor recordó que siempre se le habían dado bien los idiomas y que le gustaba la aventura, así que parecía que había aprovechado ese talento y cumplido sus sueños, igual que Ellinor. Tina le contó que la había visto en la tele sueca y que había pensado en ponerse en contacto con ella en más de una ocasión. Estaba claro que le había estado tirando los tejos, aunque Ellinor no acabase de entender sus intenciones. Las dos habían bebido más de la cuenta y luchado contra la creciente tensión sexual, hasta que ya no pudieron más. Cuando Tina fue a entrelazar su mano con la de Ellinor, esta aprovechó para inclinarse hacia delante y darle un beso prolongado y profundo. Tina había colocado la otra mano sobre uno de los muslos de Ellinor, acariciándolo con suavidad y recorriéndolo en dirección ascendente, hasta que el barman les sugirió que se fueran a un hotel. Entre risas, salieron en dirección al aparcamiento. Bajo el gélido aire de la noche, Ellinor había empujado a Tina contra la pared, juntando sus labios con los de ella, deseándola con tal pasión que le causaba dolor. Ya de vuelta en casa, envuelta en la oscuridad de su antiguo dormitorio, metió una mano por debajo del edredón y empezó a masturbarse. Abrió las piernas de par en par, presionando el sexo empapado con dos de sus dedos y pensando en los suaves y sensuales labios de Tina, que de tanto besarse habían adquirido un tono rojo frambuesa brillante cuando, ya bastante ebrias, se despidieron. Cuanto más pensaba en aquellos deliciosos labios, perfectos para devorar a mordiscos, más excitada se sentía Ellinor. La mano parecía tener vida propia; Ellinor era lo suficientemente mayor como para saber cómo funcionaba su cuerpo y cómo satisfacer sus necesidades. En su mente, vio el rostro de Tina en forma de fantasía erótica, muy cerca, jadeando, con la piel humedecida por los besos y por el sudor. Cuando finalmente se corrió, la intensidad del orgasmo la obligó a morder el edredón para no gemir a viva voz.

Ellinor se despertó el Viernes Santo sintiendo pulsaciones en la entrepierna, pero tardó un rato en recordar lo sucedido la noche anterior. Se quedó allí tumbada, tratando de recuperar la memoria, escuchando el alboroto que se extendía por el resto de la casa. Desde la cocina llegaba un estrepitoso sonido metálico, y en el resto de las estancias resonaba un coro de chillidos infantiles. ¿Se había hecho tan tarde como para que Linda y los suyos hubiesen llegado ya? Gruñendo, cogió el móvil y se lo colocó sobre el vientre, dejando escapar un fatigoso suspiro. Los acontecimientos de la noche anterior provocaban en Ellinor sentimientos encontrados. En primer lugar, no estaba orgullosa de su osadía, sino más bien avergonzada. En segundo lugar, el dolor de cabeza iba en aumento. Y en tercero… De pronto, Ellinor recordó lo que había sentido al besar a Tina. El mero hecho de haberla besado era de por sí una auténtica locura. ¿Cuántas probabilidades había de que unos sentimientos que llevaban tanto tiempo enterrados se hubiesen despertado con tanta intensidad? Además, la probabilidad de que dichos sentimientos fueran recíprocos era prácticamente nula. Ellinor emitió un gruñido de arrepentimiento en cuanto cayó en la cuenta de que prácticamente había asaltado a Tina, cogiéndola por sorpresa. Puede que hubiese malinterpretado sus señales porque, hablando claro, estaba borracha y aquello no era habitual. Ellinor se acurrucó bajo el edredón, tratando de digerir la vergüenza. Se sentía como una imbécil integral y como si volviera a ser una adolescente. Una adolescente haciendo travesuras que, en el momento, le habían parecido una gran idea pero que habían acabado por ser simplemente una patética tentativa de aventura. Se acarició el vientre con el móvil, tratando de que el peso del aparato la calmase, por encima del edredón, en movimiento descendente hacia los muslos. Y entonces tuvo una brillante idea: activó el vibrador del móvil, y con la delgada sábana como única barrera entre los genitales y el móvil, Ellinor echó a volar su imaginación, regresando al más hermoso de los momentos con Tina. Había sucedido en un caluroso día de verano, en un pequeño claro del bosque. Debía de ser a principios de los años noventa, cuando empezaban a asimilar lo que sentían la una por la otra y se encontraban todavía en esa tierna fase inicial de enamoramiento. Sus sentimientos eran bastante claros: se habían besado, acariciado y tocado con la ropa puesta, pero también habían estado tomando el sol y se habían bañado desnudas. Pero todavía no *lo* habían hecho. Ellinor sabía perfectamente lo que era ese *lo* y sabía también que quería hacerlo con Tina, pero no estaba muy segura de cómo funcionaba aquello con dos chicas. Estando allí tumbadas al sol, Ellinor oyó cómo Tina se colocaba boca abajo y se acurrucaba junto a ella. Ellinor había sonreído sin abrir los ojos. El pezón se le endureció por debajo del biquini. Tina seguramente lo notase a través de la delgada tela si se le ocurría acercarse a ella. Ellinor le acarició el cuello con la mano. El sol le había calentado la piel. Tina le dio un beso despreocupado en el hombro, riendo alegremente. Ellinor la imitó y, como respuesta, recibió más besos ligeros de aquellos, que fueron descendiendo por el cuerpo de Ellinor, pasando por el vientre y aproximándose al biquini. El placer le resultaba inmenso y envolvente. Ellinor nunca había sentido una excitación de tal intensidad en toda su vida, ni siquiera al masturbarse. Los dedos de Tina juguetearon con las tiras de la parte inferior del bikini de Ellinor hasta que consiguió desatarlas y quitárselo.

—¡¿Qué haces?! —había preguntado Ellinor, sobresaltada, a lo que Tina había respondido en un susurro:

—Comprobar si tienes cosquillas.

El recuerdo seguía muy vivo. Ellinor pudo, sin demasiada dificultad, visualizar la lengua de Tina recorriéndole con suavidad el vientre y entonces... Ellinor había tomado aire con fuerza y Tina introdujo la lengua entre las piernas de Ellinor. Aún se le ponían los vellos de punta al recordarlo y había usado aquella imagen como fantasía sexual en numerosas ocasiones. Todavía conservaba en la mente aquel delicioso recuerdo con total nitidez: las manos de Tina amoldándose a sus nalgas, Tina explorando con los labios partes de su cuerpo que todavía no conocía. La cabeza de Tina subiendo y bajando entre las piernas de Ellinor, pulsando los botones adecuados, acariciándola, lamiendo y chupando hasta que la cabeza de Ellinor empezó a dar vueltas de puro deseo. A pesar de su inexperiencia, no dejaba de ser una fantasía erótica de lo más profunda. Dos chicas a solas en una pradera acariciadas por el sol, explorando y disfrutando de sus cuerpos. Ellinor recordaba cómo le había suplicado a Tina que no se detuviese jamás, y quizás por eso el recuerdo retornaba una y otra vez a su memoria, tal y como lo había hecho ahora, sobre la cama de invitados, con el móvil vibrándole en la mano, acariciándose con él mientras emitía gemidos pensando en el cuerpo de Tina. Las vibraciones recorrían su cuerpo como una descarga eléctrica, y siguió explorando aquella fantasía de Tina jugueteando con su coño. Estaba a punto de correrse, pero lo pospuso durante unos instantes para finalmente dejarse llevar y permitir que el orgasmo inundase su cuerpo.

Todos los Viernes Santos, desde que Ellinor tenía uso de razón, la familia al completo se reunía para comer. Año tras año, sobraba alegría y faltaba espacio. Su madre había preparado patatas con eneldo y una selección de arenques en escabeche hechos en casa. Las cuatro ruidosas tías de Ellinor junto con sus esposos, hijos y nietos se apretujaban contra la mesa que se extendía desde un extremo de la cocina hasta el salón. Ellinor estaba muerta de hambre. Ya se sentía como una adolescente por haberse masturbado aquella mañana, y ahora estaba devorando el banquete de Semana Santa como tal.

—Pero bueno, Ellie, ¿estás comiendo por dos, cariño? —dijo una de las tías, guiñándole exageradamente el ojo.

Ellinor sonrió con educación, pero pensó para sus adentros «ya estamos otra vez con lo mismo». Eran incansables. Y si se comportaban así antes de que tuviera hijos, ¿cómo serían si finalmente decidía tenerlos? Se estremeció solo de pensarlo. Después de comer, llegó el momento de los tradicionales juegos en el jardín o, para los que estaban demasiado cansados, de ver la tele en casa. Ellenor no dudó en unirse a este último grupo, se hundió en un sillón orejero y se echó a dormitar un rato, durante las noticias de deportes. La despertaron el sonido del timbre y la voz de su padre vociferando desde el vestíbulo:

—¡Ellie! Ha venido tu amiga —gritó, y Ellinor se despertó de un salto.

¿Y si era Tina? ¿Qué le iba a decir? De camino al vestíbulo trató de encontrar a toda prisa las palabras adecuadas, pero en cuanto vio a Tina charlando con su familia se le olvidó lo que iba a decir. Con sus rizos oscuros y las mejillas sonrosadas, Tina parecía una brujita sueca de Pascua. La brujita más linda del mundo.

—¿Quieres tomar un café? —ofreció su padre.

—En otra ocasión. Ahora solo venía a ver si a Ellie le apetece dar un paseo —dijo Tina, girándose hacia Ellinor, cuyo corazón estaba a punto de salírsele del pecho.

—Por supuesto —respondió, haciendo un torpe intento de ponerse el abrigo.

Fuera hacía sol, pero hacía más frío que el día anterior. Tina le preguntó si le apetecía pasear por el bosque, a lo que Ellinor accedió. Visitaron los lugares de su infancia y hablaron de aquella época; de sus compañeros de juegos, de cómo había sido criarse en un pueblo tan pequeño, de qué clase de personas eran por aquel entonces. Fue como si nada hubiese cambiado. A Ellinor la sorprendió lo poco que tardaron en regresar los recuerdos. En los bordes del camino crecían unas diminutas flores, señalando el comienzo de la primavera, curiosas por descubrir lo que el mundo tenía que ofrecerles. Del exuberante manto verde surgían perlas amarillas, blancas y lilas que iluminaban el bosque con su luz y su color. Ellinor respiró profundamente, llenándose los pulmones de pino, de musgo y de vida al inhalar.

—¿No te parece precioso? —preguntó Tina. ¡Lo he echado tanto de menos! Italia es preciosa, pero los bosques de coníferas de Suecia son especiales, ¿no crees?

Ellinor asintió con un «¡mmm!» y observó a Tina. Esta llevaba ropa de colores alegres y llamativos, muy lejos del estilo sobrio y clásico que caracterizaba a Ellinor, pero de algún modo se complementaban.

—¿Te acuerdas de aquella vez que estuvimos aquí aquel verano, hace tantos años? ¿Tienes algún recuerdo? —inquirió Tina, y Ellinor pareció percibir una leve inquietud en su voz.

—Tengo muchos recuerdos —la tranquilizó.

Se miraron. La sonrisa de Tina provocó en Ellinor un dulce sentimiento de calidez.

—Mira —interrumpió Tina —, lo que sucedió anoche…

—Lo sé, lo siento muchísimo, fui un poco lanzada —trató de justificarse Ellinor, invadida de nuevo por una sensación de arrepentimiento.

Tina rompió a reír, inclinando la cabeza hacia un lado.

—Espero que no lo estés diciendo en serio —dijo mordiéndose el labio—. Estaba a punto de sugerirte que me acompañaras a casa para acabar lo que habíamos empezado.

Cada beso y cada caricia transportaban a Ellinor a sus sueños y a aquel verano en el que se acostó con Tina. Pero esta vez era real, por fin estaban juntas. Ellinor nunca se había sentido tan bien y tan llena de vida. Las caricias de Tina bajo las sábanas la volvían loca de deseo. Ya antes de volver a casa de Tina, cuando todavía no se habían alejado del bosque, habían caminado cogidas de la mano e intercambiado todo tipo de caricias. Les resultaba casi imposible dejar de tocarse. Ellinor se sentía extremadamente atraída hacia Tina, con sus suaves caderas redondeadas y aquellos rizos oscuros. Todo en ella le resultaba acogedor y delicado. Apenas llegaron a casa, empezaron a besarse en serio.

Ellinor recordaba el beso en el aparcamiento del bar, pero esta vez era aún más vivo, más controlado y apasionado. Y lo más importante: no había bebido.

—Pues va a ser que sí sabes cómo funciona esto —dijo Tina entre jadeos. Ellinor la empujó contra la pared, separándole las piernas con uno de sus muslos, y empezó a frotarse contra la entrepierna de Tina.

La sujetó por el cuello y estampó sus labios contra los de Tina. Los oscuros mechones de pelo de Tina le danzaban sobre la frente con cada beso. Se besaron a un ritmo frenético, íntimo, ansioso, tratando de recuperar el tiempo perdido. El anhelo hizo que Ellinor se estremeciera. Tina le introdujo una mano por debajo del jersey, encontró uno de sus pechos y comenzó a acariciarlo. Le pellizcó suavemente el pezón y lo volvió a acariciar. Al darle un pellizco más fuerte, Ellinor gritó de placer.

—¿Dónde está la habitación? —preguntó entre jadeos, y Tina se lo indicó con un gesto.

Se desnudaron en cuestión de segundos, y Tina chasqueó los dedos para apremiar a Ellinor, que se tumbó de espaldas.

—Boca abajo — le ordenó Tina —¡y separa las piernas!

A Ellinor se le cortó la respiración pensando en lo que estaba a punto de suceder, pero obedeció las órdenes de Tina. Tina siempre le había parecido muy buena en la cama y ahora, al compararla con el resto de las personas con las que se había acostado, no le cabía la menor duda. La entrepierna de Ellinor palpitaba y latía mientras esperaba a Tina, que se acercó a la cama con un consolador y un par de esposas de plástico.

—¿Con vibrador? —le preguntó, y Ellinor asintió con la cabeza.

—Pon las manos detrás de la espalda —ordenó Tina, y Ellinor obedeció una vez más.

Cuando Tina le colocó las esposas y la sujetó por el cuello, Ellinor tuvo la sensación de estar drogada de excitación.

—Por si se te había pasado por la cabeza escaparte —dijo Tina, provocativa.

Tina se humedeció dos dedos, con los que recorrió la vulva de Ellinor hacia adelante y hacia atrás para ponerla a tono, aunque en realidad no era necesario, pues nunca en la vida había estado más empapada y preparada, y la expectación la hacía suspirar. Cuando Tina le introdujo el consolador y lo puso en marcha, Ellinor se olvidó de todo. Se sentía vencida por la situación: el inmenso placer del vibrador y de la penetración simultánea, la restricción de movimientos, los muslos, el vientre y los pechos de Tina aplastados contra sus nalgas y su espalda, le resultaban casi excesivos. Ellinor se corrió una y otra vez, resopló, jadeó, resolló, gimió y gritó de placer. Y las cosas no habían hecho más que empezar…

Al anochecer parecieron despertar de su delirante éxtasis colectivo y decidieron que era hora de comer algo. Tina preparó la cena con lo que encontró en el frigorífico: salmón ahumado, media *quiche* de brócoli y una bandeja de patatas al estilo *dauphinois.* Con los albornoces puestos, encendieron unas velas y se dispusieron a cenar en la pequeña mesa de la cocina, las dos igualmente complacidas, satisfechas y exhaustas. Mientras Tina cortaba la *quiche,* Ellinor contemplaba por la ventana la oscuridad de la noche.

—¿Te he contado que me estoy planteando tener hijos? —confesó Ellinor sin pararse a pensar—. No se lo he mencionado a nadie más.

Tina sonrió, bajando la mirada.

—¡Qué curiosa es la vida! Yo también me lo he estado planteando.

—¿Es por eso por lo que decidiste volver? —preguntó Ellinor.

Tina asintió con la cabeza y cenaron en silencio. No era un silencio incómodo, sino ese acogedor y agradable silencio que solo se da entre miembros de la familia o amigos de verdad. Tenían suficiente con el sonido de los tenedores sobre los platos y la tenue luz de las velas.

—Tengo que llamar a mis padres —dijo Ellinor, apoyando la barbilla sobre la palma de la mano.

—No te preocupes por ellos —dijo Tina y, al no obtener respuesta, se acercó a acariciarle la mejilla a Ellinor—. Ellie, quédate conmigo esta noche —le suplicó, y cuando Ellinor la examinó con la mirada vio en ella una mezcla de pasión y fragilidad.

—Claro que sí —concedió, sosteniendo las manos de Tina entre las suyas.

Había pasado demasiados años sin Tina. Se habían separado, seguido caminos diferentes en la vida, y ahora que se volvían a encontrar se daban cuenta de que en realidad apenas habían cambiado. Aquella noche, antes de quedarse dormida con Tina entregada al sueño entre sus brazos, Ellinor pensó en lo que les depararía el futuro. Se lo había estado pensando durante mucho tiempo y quizás eso fuese una señal; puede, solo puede, que estuviera preparada para empezar una nueva fase en la vida. Puede que, después de todo, en aquel pueblecito sí hubiese algo para ella. Besando a Tina en la frente, se acurrucó al tiempo que se empapaba de aquel aroma a hogar.

La sirena

Siempre me ha encantado el agua. Hay algo en ella, el tacto, la sensación, la falta de gravedad, que me relaja. La idea de la inmensidad de los océanos y lo que habita en sus profundidades siempre me ha resultado fascinante. Durante un largo período de mi vida, leer acerca de las ballenas azules, tiburones, corales y demás criaturas marinas fue mi pasatiempo favorito, y es algo que todavía sigo haciendo con frecuencia, a pesar que apenas me queda nada por aprender. Mis padres me han comentado que, cuando no era más que un bebé, las clases de natación era mi momento favorito de la semana. Soltaba chillidos de alegría y parecía encontrarme en mi elemento, como pez en el agua y cuando llegaba el momento de salir del agua, protestaba llorando a grito pelado. A los cuatro años empecé a nadar sola. Era verano y estábamos en la casita de campo. El abuelo me vigilaba desde el embarcadero, mientras yo nadaba de un lado a otro alrededor de la pequeña barca de remos amarrada a uno de los pilotes, y desde entonces nada ha podido detenerme. Ya en cuarto de primaria tenía muy claro que de mayor me iba a dedicar a algo relacionado con los grandes océanos; jamás me he planteado otra cosa. En el instituto, me aseguré de obtener siempre buenas notas en las asignaturas de ciencias naturales y acudí a clases particulares de matemáticas para conseguir aumentar por poco que fuera mis calificaciones y que de este modo nada se interpusiera en mi camino hacia el trabajo de mis sueños. Tras cinco años en la universidad, me gradué en Biología Marina y nunca he dejado de amar mi trabajo, al menos hasta ahora. Recientemente he hecho un descubrimiento que me provoca curiosidad, pero a la vez me asusta un poco, y que ha complicado mi relación con el agua. No es que quiera cambiar de profesión, ni mucho menos, pero las cosas ya no son lo que eran. Habita en mí una inseguridad que se ha apoderado por completo de mi ser y me hace cuestionarme lo que es real y lo que no.

Todo comenzó en la piscina. Parte del trabajo de una bióloga marina consiste en bucear para recolectar muestras que en ocasiones se encuentran en el mismísimo fondo del mar, así que es imprescindible saber nadar y estar en buena forma física. Por eso, cuando no estoy realizando trabajo de campo, hago ejercicios de natación una hora por la mañana y otra por la tarde. A veces nos tenemos que quedar en alta mar durante varios días obteniendo muestras, y entonces evidentemente no puedo hacer mis ejercicios de natación, pero los echo de menos. Vivo bastante cerca de la piscina, así que no me supone ningún problema pasarme por allí antes y después del trabajo. La mayor parte de los días incluso me puedo permitir una sesión de quince minutos en la sauna y, si estoy sola en los vestuarios, lo que suele suceder cuando voy temprano por la mañana, puedo disfrutar de un poco de tiempo para mí misma mientras me ducho.

Sucedió en noviembre. En la oficina estábamos muy ocupados tras la publicación de varios informes sobre la contaminación por residuos industriales en el mar Báltico y teníamos que obtener las muestras a tiempo para la investigación que iba a llevar a cabo el Ministerio de Medio Ambiente y Energía. Para acabar de empeorar las cosas, el estrés y la presión provocados por estas largas jornadas habían acabado por causarme dolor de hombros crónico. Cuando no tienes hijos, te suelen llamar para cubrir el turno de noche o los fines de semana para dejárselos libres a la gente con familia, y por lo general también te envían a recoger muestras. Las personas con niños tienden a tener horarios más regulares y a trabajar en oficina dentro de lo posible. No es que me importe demasiado, pues me encanta el aire libre, pero el frío aire de noviembre puede resultar excesivo incluso para mí. Cuando hay más actividad de lo habitual en el trabajo, me aseguro de pasar más tiempo en la piscina y en la sauna para aliviar el dolor y la tensión de los hombros y del cuello. Este día en particular, había trabajado bastante tiempo con el microscopio y necesitaba estar a solas en la ducha antes de empezar mis ejercicios de entrenamiento. Después de haber inspeccionado exhaustivamente los vestuarios y la sauna en busca de otros nadadores, me encerré finalmente en la cabina de la ducha y le abrí al agua, que estaba tibia y me golpeó la cabeza como si me estuvieran dando un masaje con agujas. Antes de meterme en la piscina prefiero las duchas tibias, y al salir me gusta el agua muy caliente. De ese modo, saltar al agua fría de la piscina me resulta menos traumático y, a la salida, el agua caliente me ayuda a entrar en calor.

Cerré los ojos y dejé que el sonido de la ducha me ayudase a estabilizar el pulso antes de la sesión de natación. Bajé los hombros y sentí cómo el agua arrastraba consigo el estrés. Me llevé las manos a la cara, masajeando la frente, las sienes y las mejillas. La gravedad que hacía caer las gotas de agua sobre mi cabeza me hacía cosquillas y me provocaba hormigueos en el cuero cabelludo: una reconfortante sensación que me trasladó a un estado de mayor sensualidad. Sentí tirantez en el cuero cabelludo y me peiné el cabello con los dedos. Con un suave masaje, las manos siguieron su camino hasta la parte posterior del cuello. Presioné los músculos de los hombros, imaginando que eran las manos de otra persona, y luego continué mi camino hacia los pechos. Pellizqué ligeramente los pezones, que se habían puesto duros. Me acaricié el vientre y las caderas con suaves movimientos ondulantes y traté de pensar en algo que no fuera mi trabajo diario. Me humedecí los labios y, para alimentar mis fantasías, me inspiré en la imagen de un actor que había visto en una película de acción. La respiración se volvió más pesada e irregular y, apoyada contra los azulejos de la pared, me metí la mano en la entrepierna. En mi imaginación, eran las manos de aquel héroe de la película de acción las que me acariciaban, y empecé a frotar el pulgar hacia arriba y hacia abajo, exactamente como a mí me gustaba. Me mordí el labio inferior, tratando de no hacer demasiado ruido cuando la respiración se hizo más pesada y empecé a perder el control de los movimientos de la mano.

Después de la ducha, me dirigí hacia la piscina. Eran aproximadamente las diez de la noche y se encontraba desierta, con excepción del joven socorrista, que jugaba con el móvil en la oficina. Me quedé observándolo hasta que por fin levantó los ojos de la pantalla, me reconoció y me saludó con la mano. Le devolví el saludo y me encaminé hacia mi esquina habitual, en la piscina grande. En esta época del año, las piscinas públicas tienen algo aterrador; hay algo en el aire sin tratar y en el olor a cloro que te pone la piel de gallina y los vellos de punta. Sin embargo, a mí no dejan de gustarme, porque debajo de la superficie no se percibe nada de eso. Allá abajo solo hay agua. Dejé la toalla sobre una silla blanca de plástico al bordillo de la piscina y me puse las gafas de natación. Me situé en la calle dos, sintiendo el áspero suelo de piedra bajo los pies, mojado y frío después de todo un día de actividad. Con una respiración profunda y rítmica, tensé los muslos, flexioné los pies y me lancé al agua.

En los primeros metros, el agua pasó como un rayo por mi lado, empujando pequeñas burbujas de aire hasta la superficie, mientras mi cuerpo cortaba las frías aguas de la piscina. Durante los primeros segundos después de haberme lanzado al agua no pensé en otra cosa que en mi propio cuerpo, en el trabajo conjunto de los músculos y en la materia que flotaba a mi alrededor. Unos escasos segundos en los que el tiempo se detuvo y experimenté la felicidad absoluta. Cuando la resistencia ofrecida por el agua hizo que redujese la velocidad, instintivamente ascendí a la superficie dando largas brazadas, nadando al estilo crol. Después de tantos años perfeccionando la técnica, puedo decir sin sonrojarme que mi velocidad es más que decente, teniendo en cuenta que no soy nadadora profesional ni tengo cuerpo de deportista. Normalmente hago dos mil metros, lo cual me lleva alrededor de una hora y me deja completamente extenuada. Hoy, sin embargo, ya me sentía agotada antes de empezar, así que no pensaba recorrer tanta distancia. Después de unos cuantos largos, noté cómo los músculos se empezaban a calentar. Traté de cuidar la técnica y la respiración, pero no podía dejar de pensar en asuntos del trabajo y me costaba concentrarme. Frustrada, aumenté la velocidad, llevando mi cuerpo al límite, tratando de desconectar del mundo real con todas mis malditas fuerzas.

Cuando llevaba cerca de quinientos metros tuve un presagio. Algo cautivó de lleno mi atención, adentrándose en mi mundo y desplazando todos los demás pensamientos, algo que se movía en el agua. Se encontraba a bastante distancia de mí, pero era como si pudiera sentir las partículas reorganizándose. Recuerdo que pensé que seguramente habría alguien más en la piscina y no le di mayor importancia, pero después de unos cuantos largos más, al no oír brazadas en el agua, levanté la vista y estudié la superficie del agua. No había nada. Fruncí el ceño y me disponía ya a continuar con mi sesión de entrenamiento con la cabeza bajo el agua cuando percibí movimientos a unas cuantas calles de distancia: en la calle siete u ocho algo parecido a una nube de burbujas se movía a toda velocidad. Y, dentro de esta nube, alcancé a distinguir una forma humana. A juzgar por la velocidad, parecía que la persona en cuestión acababa de lanzarse al agua, pero había recorrido ya la mitad de una calle de cincuenta metros y se movía a una velocidad extraordinaria, sobrehumana. Imposible. Me quedé tan atónita que reduje la velocidad hasta detenerme, mientras seguía con la mirada la nube de burbujas que se propulsaba hacia el otro extremo de la piscina. Sobre la superficie tan solo se apreciaba una leve ondulación en el lugar donde creía que la persona había dado la vuelta para cambiar de dirección. Bajo el agua se podía distinguir una larga melena oscura ondeando junto al cuerpo, y los movimientos de la persona eran similares a los de un delfín, ascendentes y descendentes, en lugar de deslizarse por la superficie como yo hacía. Al darme cuenta de lo ingenua que había sido, me entró la risa. Era, naturalmente, una buceadora de apnea con su monoaleta, que seguramente practicaba la capacidad de apnea tratando de completar uno o dos largos sin respirar. Sacudí la cabeza mentalmente al pensar en lo tonta que era y continué con mi propio entrenamiento.

Al cabo de otros mil metros, decidí dar la sesión por finalizada y alcancé nadando uno de los bordes laterales. Tan agotada me sentía que ni siquiera tuve fuerzas para impulsarme en el bordillo como hago habitualmente, sino que tuve que utilizar la escalerilla para salir del agua. Envuelta en una toalla y estremeciéndome en el aire gélido, me dirigí a los vestuarios. Inspeccioné mis alrededores en busca de la buceadora, pero no fui capaz de localizarla. Ya de vuelta en la ducha, aumenté la temperatura del agua y gemí ante la muy merecida caricia del agua caliente quemándome la piel. El calor obró maravillas en mi cuello rígido, así que decidí continuar el tratamiento en la sauna. Aunque la temperatura ya era bastante elevada cuando entré en la cabina, decidir añadir un par de cacitos de agua a las piedras y me senté en la grada superior. El calor hacía que mi cuerpo se sintiera más pesado, purificándolo y dilatándolo de un modo sumamente agradable. Entre ensoñaciones, visualicé el agua fría de la piscina, me tumbé boca arriba y miré a través de la puerta de cristal de la sauna. No había nadie. Pensé en la buceadora y en las olas que creaba al surcar las aguas. La imagen de aquellos movimientos ondulantes de arriba a abajo hizo que mi sexo se fuese humedeciendo, y noté cómo se me aceleraba la respiración una vez más. Dadas las circunstancias, me atreví a gemir en voz alta y me coloqué la mano sobre un pecho, sintiendo la piel suave y turgente. Por la piel, a ambos lados del cuerpo, me resbalaban gotas de agua y sudor que iban a caer a mis pies, sobre la suave toalla. Sujeté el duro pezón entre los dedos índice y pulgar, lo pellizqué con fuerza y dejé escapar otro gemido. El calor prácticamente insoportable y el placer provocado por el dolor me excitaban e hicieron que se me acelerase la respiración. En mi mente, el cuerpo de la buceadora anónima y el mío se tocaban, y para simular esa sensación empecé a frotar un muslo contra el otro, haciendo cada vez más ruido al respirar y moviéndome con frenesí. El calor y la humedad me hicieron perder la noción del tiempo y descendí a un oscuro túnel de placer condensado. Miré al techo de madera de la sauna. Parpadeé. El excesivo calor me estaba pasando factura y entendí que tenía que salir de allí. Con piernas inestables y temblorosas conseguí a duras penas alcanzar la puerta.

El aire fresco de las duchas me pareció una bendición. Después de ducharme por segunda vez aquella tarde, me dirigí al vestuario a recoger mis cosas, y fue entonces cuando caí en la cuenta de que todo estaba exactamente igual que a mi llegada. No podía ser, así que di otra vuelta e inspeccioné las taquillas;

estaban todas abiertas, con el cerrojo sin echar. La piscina iba a cerrar en quince minutos y normalmente a estas horas no hay nadie más, pero hoy había visto a otra mujer, ¿se habría marchado ya? Cuando estaba en la sauna, no la había visto en las duchas, pero, por otra parte, estaba ocupada en otros menesteres, por así decirlo, y no me había concentrado precisamente en lo que pasaba de puertas para afuera. Pero me sentía incómoda y tenía un mal presentimiento. ¿Habría pasado algo? Me envolví en la toalla y fui de puntillas a la zona de la piscina. Ni rastro del socorrista; evidentemente ya había empezado a cerrar. Fui a echar un vistazo a la piscina de cincuenta metros en la que había estado nadando un rato antes. Ya no había ondas en la superficie. Fruncí el ceño extrañada y me acerqué al bordillo, atravesando el agua clorada con la mirada como si esperase encontrar a alguien en el fondo de la piscina. Al cabo de un minuto o así me empecé a sentir un poco estúpida. Seguramente la mujer hubiese pasado por los vestuarios sin que yo advirtiese su presencia. La idea de que me hubiese podido ver u oír en la sauna me hizo sonrojar, y recé para que fuera de esas personas que se cambian allí, pero que prefieren ir a ducharse a casa. Regresé a los vestuarios y me preparé para marcharme. Al pasar por recepción vi al socorrista tras el mostrador.

—Disculpa —le dije, caminando hacia él. ¿No habrás visto a nadie en la última media hora o así, ¿verdad?

El socorrista parecía confundido.

—Una mujer —aclaré—. De pelo oscuro. Estuvo nadando en la piscina de cincuenta metros. Creo que era buceadora de apnea.

El socorrista negó con la cabeza y me aseguró que yo había sido la última visitante del día.

—¿Estás del todo seguro? —insistí.

—Puedo comprobar el registro de visitas si quieres —sugirió en un tono que denotaba incredulidad.

—No importa —me apresuré a responder, con una sonrisa de arrepentimiento—. Debo de haberme confundido de día o algo. ¡Últimamente trabajo demasiado!

El socorrista me sonrió con amabilidad, deseándome una buena tarde. Salí a la oscuridad de la noche y no pude dejar de sentirme ligeramente irritada por la actitud del socorrista. Se supone que su trabajo era velar por la seguridad de las piscinas y sus usuarios, pero él parecía más interesado en el teléfono móvil que en llevar a cabo sus tareas. Esperé que tuviera el suficiente sentido común como para revisar las piscinas una vez más antes de cerrar e irse a casa.

Aquella noche tuve un extraño sueño que por momentos parecía tan vívido y real que dudé de si estaba sucediendo en la realidad. En el sueño, yo me encontraba en la piscina de cincuenta metros, aunque el agua era oscura, salada y estaba más fría de lo habitual, como si se hubiese transformado en un océano. Estábamos en medio de una tormenta y tenía que luchar contra el oleaje de la piscina. De pronto me vi debajo del agua y decidí que era más fácil nadar allí bajo las olas que tratar de dominarlas. Y entonces apareció la mujer de la piscina nadando por debajo, mirando hacia mí. Tenía los rastros difuminados y lo cierto es que no la vi con la suficiente claridad como para describir su aspecto, pero el largo y oscuro cabello ondeaba entre las aguas como los venenosos tentáculos de una medusa. Estaba desnuda y pude ver dos pechos blancos con los pezones duros. La piel presentaba un tono gris opaco Reluciente, con matices verdeazulados que resplandecía bajo la superficie del agua. Noté que nadaba igual que la otra vez, con aquellas ondulaciones, y centré la mirada en sus pies. No vi ninguna monoaleta de plástico, sino escamas plateadas que producían destellos en multitud de colores. Una gran aleta caudal se movía de arriba a abajo mediante la patada de delfín. Busqué el borde de la tela o algún tipo de presilla, pero no encontré nada por el estilo. La mujer buceaba hacia atrás y hacia abajo y las reflectantes escamas iban perdiendo brillo a medida que se alejaba de mí. Una fuerte luz detrás de ella iluminó su silueta y me di cuenta de que ella nadaba hacia la superficie y de que era yo la que se iba hundiendo sin control en dirección al fondo de la piscina. La sensación de pesar menos en el agua me había confundido y de algún modo había acabado por debajo de ella. Empecé a agitar brazos y piernas, tratando de propulsarme a la superficie, agobiada porque no podía respirar, pero en vez de acercarme a la superficie, parecía hundirme más y más. El sueño acababa conmigo cayendo hasta aterrizar con los omóplatos en el fondo de la piscina y con la luz encima de mí atenuándose hasta desaparecer. Al levantarme sentí frío y noté el fresco aire de la habitación en la piel y el edredón hecho un ovillo a los pies de la cama. El sueño se repitió durante varias noches consecutivas, exactamente de la misma manera y en las mismas circunstancias; igual de vívido que la primera vez, yo estaba convencida de que lo que me estaba sucediendo era real hasta que me volvía a despertar, muerta de frío y completamente desconcertada.

La siguiente semana tuve algo menos de trabajo y conté con la compañía de mi compañero de trabajo y amante del momento, Julian. En los últimos años habíamos estado saliendo de forma intermitente. Nadie más del equipo estaba al corriente, y a los dos nos convenía que así fuera. Nunca he contemplado la idea de formar una familia y tener niños, y él es demasiado joven para saber lo que quiere, pero nos llevábamos muy bien en el trabajo y fuera de él, podemos hablar de casi cualquier cosa y, lo más importante, el sexo es estupendo. Nunca se me pasaría por la cabeza irme a vivir con él, pero después de aquella temporada tan estresante en el trabajo que había tenido como consecuencia extrañas pesadillas en las que me ahogaba, agradecía contar con la compañía de Julian. Más que nada por lo bueno que es a la hora de elegir un vino. El miércoles por la noche hicimos la cena y nos pusimos al día mientras disfrutábamos de una copa grande de vino tinto. Le hablé del descuidado socorrista que no había visto a una persona que había ido a la piscina y del extraño escenario en el que se desarrollaban mis sueños desde entonces. Julian hizo un leve gesto de asentimiento con la cabeza y frunció el ceño cuando llegué a la parte en la que me hundía. Al cabo de un rato, no pude evitar reírme.

—¡Qué cara más seria! —dije, tomándole el pelo mientras removía la comida en las ollas.

—Los sueños son un lenguaje simbólico —explicó Julian— y es posible que tu subconsciente esté tratando de decirte algo.

—Algo como qué, ¿que doy pena nadando? —respondí, tomando un sorbo de aquel vino con tanto cuerpo.

Julian se rascó la barbilla, pensativo.

—Por lo que recuerdo, ahogarse en un sueño significa miedo, estrés o una crisis de identidad —dijo finalmente.

—Y de estas tres cosas, sabemos exactamente a cuál nos referimos en mi caso —bufé yo.

Julian me miró fijamente e inclinó la cabeza hacia un lado como un cachorrito.

—Tan solo prométeme que te estás cuidando. No me gustaría que te diese un infarto.

—Oye, que no soy tan vieja —repliqué, dándole un pequeño puñetazo en el brazo.

Su aspecto preocupado se transformó en una risita juguetona, me sujetó por la muñeca y me atrajo hacia sí. El vino se salió por el borde de su copa, salpicándolo. Le pasé los brazos alrededor del cuello y lo besé. Él posó la copa sobre la encimera y empezó a acariciarme la espalda.

—¿No tienes hambre? —dije provocándolo.

—Sí, pero no de comida —respondió, haciéndome dar la vuelta y elevándome sobre la mesa de la cocina.

Julian me separó las rodillas y me acercó más a él, sin dejar de besarnos en ningún momento. Yo miré la olla que estaba al fuego.

—¿Tenemos tiempo? —preguntó entre dientes.

—¡Claro que tenemos tiempo! —respondí con determinación en la voz, empezando a desabrocharle los pantalones vaqueros con dedos titubeantes.

Mi respiración se estaba volviendo más irregular y de pronto caí en la cuenta de que lo que más necesitaba en aquel momento y en aquel lugar era un polvo en condiciones, esta vez con Julian. Logré quitarme la camiseta y las braguitas, pero no quería esperar más así que le agarré la polla con la mano y empecé a acariciarla. Julian se apretó contra mí entre gemidos. Yo le ayudé a encontrar el camino hasta mi vagina y me recosté sobre la mesa. Dejé que me embistiera, con delicadeza al principio y con mayor intensidad después; tanto que hizo crujir la mesa debajo de mí. Por unos instantes, todos los pensamientos sobre el trabajo y las pesadillas en las que me ahogaba se esfumaron y me centré en disfrutar del cuerpo de Julian sobre el mío y dentro de mí.

Cuando acabamos, me dio una palmadita en el trasero antes de empezar a poner la mesa. Mientras cenábamos seguimos hablando de mi extraño sueño y de asuntos de trabajo. Al acabar de cenar, me encontraba llena, relajada y un poquito achispada. Julian me rodeó la cintura con los brazos, me condujo hasta el dormitorio y empezó a quitarme la ropa. Yo me dejé hundir en la cama mientras él se arrodillaba delante de mí y me quitaba los calcetines. Cuando me agarró la cinturilla de los pantalones vaqueros y las braguitas, me tumbé boca arriba levantando las nalgas para que le resultara más fácil desnudarme. Me besó las pantorrillas y el interior de uno de los muslos y luego colocó una de mis piernas sobre su hombro. Yo contemplaba el techo mientras Julian me besaba la entrepierna como si de mi boca se tratase. Besos largos y profundos que me excitaban con locura. Mientras me besaba el cuello lo atraje hacia mí tirándole de la camiseta y le pasé la mano por el bulto que se adivinaba tras la cremallera de sus pantalones. No tardamos mucho en despojarnos de toda la ropa y acurrucarnos bajo las sábanas. El vino hacía que me costara concentrarme y, aunque tenía a Julian dentro de mí, mis pensamientos giraban en torno a la mujer de la piscina. Sus suaves movimientos contra mi cuerpo, la cosquilleante sensación del agua circulando entre nosotras. En la vida real era Julian quien me besaba los senos, pero en mi imaginación eran los todavía desconocidos labios de ella los que me acariciaban la piel. Algún tiempo después, cuando las rítmicas embestidas habían tocado a su fin y Julian se encontraba sumido en un profundo sueño, todavía podía sentir aquel cosquilleo en la entrepierna y me imaginé los oscuros cabellos de ella danzando ligeros bajo las aguas.

Aquella noche la pesadilla decidió no presentarse y conseguí descansar algo mejor. Fueron pasando los días y, con la mente ocupada en otros asuntos, me olvidé por completo de la misteriosa buceadora. El trabajo seguía siendo estresante, pero después de mi encuentro con Julian me encontraba algo más relajada. Puede que después de todo lo que me hacía falta era un buen polvo. Volví a ir a la piscina después del trabajo como era habitual para después trabajar un rato desde casa. Por las tardes siempre había mucha gente en la piscina, pero aunque eso supusiera lidiar con la presencia de mujeres de más edad que nadaban a una velocidad extremadamente lenta, aún no me sentía cómoda en el agua sin compañía. Partes de aquella intensa pesadilla parecían haberse quedado en mi interior. Una tarde, después del trabajo, empecé a notar los comienzos de un dolor de cabeza que me había estado amenazando todo el día y que ahora se extendía desde las sienes hasta la frente. «Trabajo demasiado», pensé para mis adentros, y decidí irme directa a casa en lugar de pasar por la piscina. Nada más entrar, me tomé un analgésico y me tumbé a echar una siesta en el sofá. Me desperté dos horas más tarde, sin dolor de cabeza y con hambre. Calenté en el microondas las sobras de la cena de hacía dos noches que encontré en el frigorífico y comí en silencio, pero ligeramente intranquila. Por un instante había pensado que sería capaz de acabar el trabajo que me había traído a casa aquella noche, pero supuse que mi pobre cabeza se merecía un descanso. Lo que de verdad me apetecía era ir a nadar, pero si aquel dolor de cabeza era el primer síntoma de alguna enfermedad, seguramente no era muy inteligente dejar que me cogiera un resfriado. Una voz dentro de mí susurró: «Una sesión corta». Le eché un vistazo al maletín que había dejado sobre una de las sillas de la cocina. Existía un riesgo real de que no fuera a prestarle la debida atención al trabajo si no concentraba mis energías en algo, y además me sentía muchísimo mejor después de aquella siesta reparadora, así que al final opté por acercarme hasta la piscina.

Me bajé del coche. El aparcamiento estaba vacío y un viento gélido aullaba entre los árboles. El lugar tenía aspecto de estar desierto y en un principio pensé que la piscina estaba cerrada, pero al aproximarme a las puertas automáticas, estas se abrieron ante mí como de costumbre. Me cambié a toda velocidad, saludé a la socorrista, que esta vez era una mujer de más edad, y me lancé al agua en la piscina de cincuenta metros. No tardé en alcanzar una buena velocidad y, después de todo el día encerrada en la oficina, el poder moverme con libertad me pareció la más maravillosa de las sensaciones y agradecí el haberme esforzado en acercarme hasta aquí. No había pensado nadar demasiada distancia ni demasiado tiempo, pero avanzaba con rapidez y me estaba acercando ya a los mil metros. Decidí hacer un par de largos más y dar por finalizada la sesión. Me puse a nadar de nuevo y al principio no supe describir exactamente lo que sentía, pues me encontraba concentrada por completo en la natación, pero empezó a invadirme una vaga sensación de estar siendo observada y me detuve para estudiar la superficie. Nada. La sensación se volvió más intensa y el miedo se apoderó de mi cuerpo cuando, al mirar dentro del agua, vi algo nadando por debajo de mí. El corazón me latía con fuerza. Me encontraba lejos del bordillo de la piscina y había enmudecido de miedo, así que ni siquiera podía gritar para pedir ayuda. A pesar de todo, en lugar de ir nadando hacia los bordillos, como hubiese hecho cualquier ser humano con el instinto de supervivencia en su sitio, me dejé llevar por la curiosidad y miré lo que había en el agua. Una figura se aproximaba, nadando paralela al suelo de la piscina, a seis metros de profundidad. Cuando descubrí que la figura era en realidad una persona, y que esa persona era la misma que había divisado hacía más o menos una semana, me sentí a la vez aliviada y extremadamente estúpida. Era la buceadora de apnea. Al reconocer el cabello oscuro y ondeante que se me aparecía en sueños, me invadió una combinación de excitación y desconcierto. Nadaba en dirección a mí, más despacio que la última vez, y en esta ocasión no había burbujas alrededor de su cuerpo. Cuando se encontraba a unos cien metros de mí conseguí estudiar el cuerpo desde arriba y me di cuenta de lo que estaba viendo. No llevaba equipamiento de buceo: ni monoaleta, ni gafas de bucear, ni traje de baño. En el lugar donde normalmente se encontrarían las piernas había una resplandeciente cola de pez con brillos de tonos verdegrisáceos, exactamente igual que en mi sueño. «Una sirena»: el pensamiento se me pasó por la cabeza antes de que el miedo lo invadiese todo. Pegué un grito.

Empecé a agitar el cuerpo haciendo rotar los brazos en lugar de nadar de forma controlada, cualquier cosa con tal de llegar hasta el bordillo, y entonces grité con tanta intensidad que se me llenó la boca de agua al tratar de subir a tierra. Desde el otro lado de la piscina, la socorrista corría en mi dirección con un salvavidas. Con los zuecos tamborileando sobre el suelo de piedra, me ayudó a salir de la piscina y me obligó a tumbarme boca arriba.

—¿Estás bien? ¿Qué ha pasado?

—¡Hay un… pez… una… sire… hay algo en la piscina!

Tosí y escupí para tratar de expulsar el agua que tenía en la garganta. Tenía en la boca un desagradable sabor a cloro. La socorrista se levantó y echó un vistazo a la piscina. Tenía el salvavidas preparado.

—¿Algo… o alguien? —me preguntó, claramente confundida.

Estaba a punto de decirle que lo que había en la piscina era una sirena, pero entonces una fuerza me recorrió el cuerpo y comprendí que no le podía decir aquello. De ningún modo podía mencionar que se trataba de una sirena, porque seguramente la socorrista llamase a la policía. Así que tuve que hacer un esfuerzo deliberado por calmarme.

—Alguien —dije en tono dubitativo —. Hay alguien ahí en el fondo.

Estas parecían ser las palabras mágicas para poner en marcha a la socorrista. Lanzó el salvavidas al agua, se deshizo de los zuecos y luego se lanzó al agua sin quitarse los pantalones cortos ni la camiseta. Salió un momento a la superficie para volver a desaparecer y repitió el procedimiento unas cuantas veces, antes de emerger inspirando profundamente.

—¿Dónde? —me gritó.

Señalé hacia un lugar aleatorio y la socorrista volvió a bucear en el agua. «Esto no puede estar pasando», pensé para mis adentros, «esta mierda no me puede estar pasando a mí». Me eché a temblar. La socorrista volvió a emerger a la superficie, con la cara roja de la ira.

—¿Por qué ostias me das estos sustos? ¿Es una broma de mal gusto? —me gritó mientras nadaba hacia el bordillo.

Traté de explicarle que de verdad me había parecido que había alguien allá abajo, pero no sirvió de nada. La socorrista estaba furiosa y amenazó con denunciarme a la policía. El incidente terminó conmigo suplicándole perdón, diciéndole mil veces que lo sentía muchísimo, que debía de haberme equivocado, y luego marchándome de la piscina muerta de la vergüenza. Pero yo tenía claro lo que acababa de ver. Soy una persona sensata, en mis cabales, no una loca que sufre alucinaciones. ¿O no? Al salir al aparcamiento recordé lo que me había dicho Julian de las pesadillas en las que uno se ahogaba. A lo mejor mi subconsciente me intentaba decir que no se trataba solamente de estrés. ¿Sería una crisis de la mediana edad precoz? En el coche de camino a casa me puse a reflexionar sobre lo que estaba sucediendo en mi vida y a tratar de averiguar cuál podría ser la causa de esta posible crisis. Llamé a Julian antes de irme a dormir, principalmente porque necesitaba hablar con alguien, y le conté lo de las alucinaciones. Dijo que vendría a verme, pero rechacé la oferta. Visto en retrospectiva, parecía una tontería y llegué a la conclusión de que, como había trabajado demasiado últimamente, me había quedado dormida en la piscina. Era la única explicación lógica, pero me dio bastante miedo. Estaba cada vez más preocupada por el hecho de que aquella tarde había corrido peligro dentro del agua y debería haberme quedado en casa. Decidí que a la mañana siguiente llamaría al trabajo para decir que estaba enferma, me fui a la cama y me quedé dormida al instante.

El agua fluía suavemente a mi alrededor. Algas y diminutas partículas marinas flotaban por doquier, nadando en su propio universo de tranquilidad en el compacto silencio del océano. Su vientre contra mi espalda, sus brazos rodeándome el cuerpo. No estaban fríos como había imaginado, sino cálidos y llenos de vida. Los oscuros cabellos pasaron flotando por delante de mi rostro, bloqueándome la vista. Contemplé la palidez de mis pies dando patadas hacia adelante y hacia atrás, y la aleta detrás de ellos, plateada, con miles de colores resplandeciendo en aquella tenue iluminación.

—Al final has logrado encontrarme—dijo una voz dentro de mi cabeza. Sonaba a la ondulación de las olas y a puestas de sol.

—¿Qué eres? —pregunté.

—No hagas preguntas si ya sabes la respuesta —susurró, amoldándome un seno con la mano.

Pensé en resistirme, pero cambié de opinión en un instante. ¿Por qué iba a hacerlo? Sus caricias eran divinas, y yo sabía que la deseaba.

—¿Por qué soy la única que puede verte? —me pregunté, y sentí que empezaba a perder la concentración.

Me recorrió la piel con las manos, acariciándome el vientre, avanzando hacia más abajo, haciendo que se me acelerara el pulso. Me apreté contra ella, inclinando la cabeza hacia atrás de modo que nuestras mejillas se tocaron.

—Eso solo lo sabes tú —dijo, con una risa que sonaba a delicadas conchas repiqueteando y tintineando en un cordel.

La temperatura de mi sexo iba en aumento, y sus dedos encontraron el camino a mi clítoris y empezaron a acariciarlo.

Me hizo gemir. Un ramillete de burbujas se escapó de mi boca y ascendió a la superficie.

—Pero no existes—objeté—. No eres real, es imposible.

Sus manos siguieron avanzando, me acariciaron la entrada de la vagina y me metió dos dedos, masajeándome lentamente, por dentro y por fuera. Suspiré, con una gloriosa sensación de calidez recorriéndome el cuerpo. Nos quedamos así, flotando en el agua, durante un buen rato, con sus manos en mi entrepierna, en el vientre, recorriéndome los muslos. Pensé que el agua tendría que notarse ya fría, pero eso no me preocupó. En aquellos momentos no importaba nada más. Podía hacerme lo que quisiera.

—Qué bien —dijo una voz detrás de mí.

Me di la vuelta. Tenía una cara preciosa, con ojos relucientes de color jade oscuro. De pronto comprendí de dónde venían las leyendas y los mitos sobre las bellas criaturas marinas. Iba a decir algo más, pero me puso un dedo sobre los labios para hacerme callar y sacudió la cabeza, haciendo ondear la oscura cabellera. Selló sus labios con los míos, me introdujo la lengua en la boca y me rodeó el cuerpo con los brazos. Cuando volvió a hablarme, la voz sonaba como el tacto de la arena caliente y como todos los colores del mar unidos en uno solo. Dijo:

—Entonces dejemos que este sea nuestro pequeño secreto.

El desconocido

Se despierta con el familiar sonido de la cafetera y el distante murmullo de voces en la radio. Tarda unos segundos en reconocer los sonidos pues, por regla general, cuando se despierta la casa está en silencio y es ella la primera en levantarse de la cama para preparar el café y, como dicen ellos dos, «poner la ducha a calentar». Mientras ella empieza su rutina diaria, su marido acostumbra a quedarse unos minutos más en cama, disfrutando del calor y el confort del edredón, pero esta mañana no es así. Al estirar la mano hacia la derecha y palpar el colchón, no encuentra más que un espacio vacío.

El edredón está bien doblado y el colchón ligeramente hundido se nota frío al tacto, aunque en las sábanas de algodón se percibe aún un ligero vestigio de calor. «Pero qué tonta soy», piensa, «como si la cafetera se fuera a poner sola». Es evidente que ese día su marido se ha levantado antes que ella. No suele tener ningún problema a la hora de levantarse por las mañanas, pero hoy se encuentra cansada. Normalmente se estira en la ducha, pero esta vez, quizás aprovechando que por una vez tiene toda la cama para ella sola, se estira allí mismo. Presionando el cuerpo contra el colchón, tensa las nalgas y hace con los brazos amplios movimientos circulares por encima de la cabeza, como dibujando un sol sobre las sábanas.

Deja escapar una lenta exhalación y siente crujir el suelo de madera junto a ella. Su marido, o, más concretamente, la silueta de su marido, se encuentra de pie en la puerta. Por unos instantes, se plantea si se habrá olvidado de algo. ¿Estará de cumpleaños? ¿Estará él de cumpleaños? Se le ocurren diferentes posibilidades: ¿ha llegado la Navidad?, ¿tiene que coger un avión?, ¿tiene cita con el médico? Nada.

—Buenos días —la saluda él, entrando en el dormitorio y acercándole una taza de café solo recién hecho, como a ella le gusta.

—Buenos días —le responde.

Él toma siento en el borde de la cama, a su lado, y le comenta que se ha hecho tarde y que va a llegar con retraso al trabajo, pero que no había querido despertarla.

—No estarás enferma, ¿verdad? —le pregunta, y ella niega con la cabeza, tomando un sorbo de café que le quema la lengua.

Se quedan así durante un rato, hablando de a qué hora creen que van a acabar de trabajar y de lo que les apetece de cena, además de hacer planes para el resto de la semana. Le vuelve a preguntar si no está enferma y si no sería mejor que ese día se quedase en casa con él, que puede acabar el trabajo un poco antes para luego acompañarla a dar un buen paseo. A ella le da la risa, argumentando que seguramente a su nuevo jefe no le haría demasiada gracia, y sale de la tibia cama, dispuesta a vestirse. Su marido, todavía sentado en el borde de la cama, la observa mientras se sube las medias y se enfunda en una falda ajustada. A continuación se pone en pie y regresa a la cocina llevándose consigo la taza.

Hoy, un día nada extraordinario, un jueves de noviembre como otro cualquiera, va caminando en dirección la oficina con pasos acelerados en la humedad de la mañana. El trabajo se encuentra tan solo a veinticinco minutos de su casa, así que puede ir andando al trabajo. Mientras trata de esquivar los charcos y las montañas de hojas podridas y mojadas, piensa en la mirada de su marido esa mañana al contemplarla desde la cama y en la tenue llama que le iluminó los ojos a medida que las medias iban ascendiendo por las pantorrillas, los muslos y las nalgas. Se le había iluminado la mirada como si alguien hubiese encendido una cerilla.

Hacía mucho tiempo que había dejado de sentirse verdaderamente apasionada por él, tanto que le suponía un esfuerzo tratar de recordar cómo era esa sensación. Si bien es verdad que todavía hacen el amor esporádicamente, también es cierto que la mayor parte del tiempo no hay entrega por su parte, como si lo hiciesen por obligación y no por placer. No es que a ella le desagrade su marido; simplemente no le provoca ningún tipo de excitación. Se siente fatal por dentro. La hace sentir culpable, sobre todo en situaciones como la de esa mañana, cuando le pidió que llamase a la oficina para decir que estaba enferma y que por una vez se quedase en casa con él, nada más que un día, los dos juntos en casa.

En el trabajo, el tiempo pasa volando. El nuevo jefe, diez años más joven que ella, está a cargo de un equipo de doce personas y aprovecha la mínima oportunidad para demostrarles lo competente que es. Ella no es ni mejor ni peor empleada que los demás: escucha la radio, charla con los compañeros, toma café barato de la máquina y completa sus tareas. Por tercera vez esa semana, come guiso de salchichas traído de casa mientras observa a través de la ventana cómo cae la lluvia, ligera y juvenil como el confeti. Cuando sale del trabajo, todavía no ha parado de llover. Es la última en marcharse a casa, tratando de compensar por haber llegado tarde aquella mañana.

Sigue su camino habitual, atravesando el parque, y se adentra en el barrio antiguo que tiene las casas de madera. En el bajo de cada uno de los edificios hay una tienda diferente: peluquerías y cafés comparten espacio con centros de bronceado y floristerías. A un par de manzanas de su piso, le llama la atención la presencia de un nuevo letrero de neón en una esquina, al otro lado de la calle, junto a la panadería donde compran el pan los fines de semana. En la pared de ladrillo parpadean tres letras de color rojo: BAR. Eso es todo. Entorna los ojos para poder ver un poco mejor en la densa lluvia, pero el bar que se llama BAR no parece estar abierto, así que continúa su camino de vuelta a casa.

Cuando entra por la puerta está chorreando. Sin embargo, la intensa luz eléctrica del piso la hace sentir aún más fría que la propia lluvia. Se mete rápidamente en la ducha, rechaza la propuesta de su marido de ducharse con ella y deja que el agua caliente ocupe el lugar de la helada agua de lluvia que hasta hace escasos minutos le resbalaba por la cabeza. Cenan juntos, charlan un rato y dedican el resto de la noche a ver un nuevo programa de televisión. Ella lo contempla más allá de los platos, de la mesa y de los cojines del sofá y piensa: «¿Quién eres tú?», a pesar de que lo sabe perfectamente. «¿Quién es esta persona con la que convivo?».

Aunque llevan ya quince años juntos, tiene la impresión de estar con un completo desconocido. Esa noche, al acostarse, se queda despierta un rato, recordando su noche de bodas: las manos en la oscuridad, los labios pegados, sus uñas clavándose en el cuello de él, su marido explorándole el sexo con la lengua. Había disfrutado de cada segundo. Se habían ido de luna de miel a Italia con la idea de recorrer la Toscana en coche, comer pasta, beber mucho vino y visitar museos, pero en lugar de eso se habían dedicado a gozar juntos en la cama.

Sin dejar de reír, habían hecho el amor en todas partes y a todas horas. Jamás se había sentido tan unida a otro ser humano, ni física ni mentalmente. Ahora, tumbada sobre la cama, escucha su respiración profunda y sus suaves ronquidos: un completo desconocido en la oscuridad.

El viernes es una réplica exacta del día anterior; los oscuros días de noviembre se van acumulando uno encima de otro, grises, idénticos e imposibles de diferenciar. Ella y otros dos compañeros acaban de terminar un proyecto en el que llevaban trabajando desde el verano, y ahora lo celebran brindando con la sidra sin alcohol que alguien ha traído para la ocasión. Sus compañeros salen pronto del trabajo para ir a recoger a sus hijos al colegio o hacer la compra, pero ella decide quedarse a planificar la semana siguiente. Su jefe también se marcha temprano, de modo que no queda nadie más que ella en la oficina.

No tiene prisa por volver a casa, así que se toma su tiempo al hacer las copias que necesita para el informe del proyecto que acaba de completar. De pie junto al calor de la fotocopiadora, que escupe papel como si se fuera a acabar el mundo, le viene a la mente su antiguo jefe. En una ocasión habían mantenido un encuentro sexual junto a esta misma máquina. Los recuerdos no son demasiado nítidos; había ocurrido muy al principio de su aventura y, si no se equivoca, fue después de haberse tomado unas cuantas copas, una tarde que salieron después del trabajo. Los dos volvían a casa andando, y sin haberlo planeado, decidieron hacer una parada en la oficina.

Era primavera, y en el aire flotaban cientos de emociones esperando a ser exploradas. Una mirada discreta por aquí y por allí, una mano en la cadera, una sonrisa cargada de misterio y, de pronto, reunió el coraje suficiente para agarrarla por la cintura. A día de hoy todavía le cuesta creer que se atreviese a actuar así en medio de la calle. Además de estar casado y tener dos hijos, había conocido a su marido en la última fiesta de empresa. Era la primera vez que ambos hacían algo así, pero allí estaba, aplastada contra la pared de ladrillo con los muslos de su jefe entre las piernas y la lengua de él invadiéndole la boca.

Colocándole la mano sobre la espalda, le había suplicado en voz muy baja que le acompañase a la oficina. Acabaron junto a la fotocopiadora. La había vuelto a usar en muchas otras ocasiones, pero hoy algo la había hecho recordar el olor de la tinta. Un olor a limpio, como a colada recién hecha. También recordó la sensación de tenerlo dentro de ella. Es el acto más prohibido que ha cometido en su vida. Recorre con la mano el plástico gris y los botones de la fotocopiadora, preguntándose si habrá quedado algún rastro de su encuentro, alguna huella o fluidos corporales.

Cierra los ojos tratando de visualizar cómo se había sentido. Él la había encaminado hacia la fotocopiadora; puede que esta hubiese sido su idea desde el primer momento. De haber dependido de ella, lo hubiesen hecho sobre el escritorio del jefe, pero lo que lo hacía todo tan emocionante es que no había tenido ni voz ni voto, se había entregado por completo a sus manos y a sus fantasías. Había sido su superior durante cuatro años, pero en todo este tiempo jamás había mostrado nada que no fuese un amistoso interés por ella. Y ahora estaba susurrándole al oído que la deseaba, que no había dejado de pensar en ella desde que empezaron a trabajar juntos y que quería poseerla allí mismo y en aquel preciso momento.

Se había bajado la cremallera de los pantalones. A ella le había desabrochado la blusa y levantado la falda, aplastándole uno de los muslos contra el frío plástico de la máquina al inclinarse y cargar todo el peso de su cuerpo sobre ella. Ahora, de pie junto aquella fotocopiadora y a pesar de los años transcurridos, se le agitó la respiración al recordar la expresión en la cara de su exjefe al penetrarla, la euforia que había experimentado mientras él la llenaba una y otra vez, cómo él se había estremecido al correrse, la posterior ansiedad, el «¿pero qué acabamos de hacer?» y el ansia por hacerlo una vez más. Archiva las fotocopias en carpetas de plástico que deja sobre los escritorios de sus compañeros y luego le envía un mensaje a su marido para avisarle de que se dispone a volver a casa.

La forma que tiene la oscuridad de envolverlo todo en esta época del año siempre la sume en un estado de ensoñación, como si los días nunca diesen comienzo y se encontrase dentro de un sueño permanente. Su marido le toma el pelo diciéndole que tiene la cabeza en las nubes, pero para ella es un estado de espera, de hibernación. De camino a casa se cruza con bastantes personas: parejas elegantemente vestidas que salen a cenar, grupos de chicas que van de fiesta. A ella le encantaría acompañarlas. Les mira los escotes y los tacones mientras caminan junto a las ventanas de los bares.

Y de repente se encuentra delante de aquel nuevo bar, el que no tiene nombre. Esta vez sí está abierto, aunque prácticamente vacío. Un barman vestido a la antigua usanza abrillanta unas copas detrás de la barra. Dos hombres juegan al billar en la parte trasera y una atractiva joven con un cóctel en la mano sigue al barman con la mirada. Esa chica podría haber sido ella misma hace muchos años. Emocionada, da un paso más hacia la entrada del establecimiento, pero de pronto recuerda que ya le ha dicho a su marido que estaba de vuelta a casa.

Seguramente la esté esperando. Aprieta el puño dentro del bolsillo mientras sigue su camino y decide volver en otro momento. Dentro de su pecho se va despertando una emoción, un zumbido silencioso que la hace pensar en la fotocopiadora y en la muchacha del cóctel. Mientras camina, se humedece los labios y piensa en lo desesperada que está por sentir las caricias de alguien.

El lunes se prepara a conciencia. Se pone ropa elegante, se echa perfume y se pinta los ojos de color oscuro. El espejo le devuelve la imagen de otra mujer, una mujer que hacía mucho tiempo que no aparecía por allí. ¿Cuánto hace que no la miran con ojos de deseo? ¿Es eso lo que quiere, que alguien le diga que la desea? No tiene la menor idea. Se convence de que necesita salir un rato, pasar algún tiempo a solas. Le dice a su marido que va a salir con unos compañeros después del trabajo y, cuando él le pregunta que cómo es que sale un lunes, se encoge de hombros y farfulla algo sobre el proyecto de la semana pasada. Cuando sus compañeros hacen comentarios sobre lo elegante que está, les explica que va a salir con su marido. En el bolso grande que lleva al trabajo ha escondido un segundo par de zapatos, de tacón alto. Al final de la jornada, se cambia de calzado y se dirige rauda hacia el bar. Está abierto, pero no tiene el valor de entrar. Se pregunta qué es lo que está haciendo allí, qué es lo que busca. Lo único que sabe es que necesita sentirse viva.

Cuando su antiguo jefe se trasladó a otra ciudad, supieron que la relación estaba condenada a terminarse en un momento u otro. Salvo en un par de ocasiones, no se había vuelto a sentir atractiva, ni poderosa, ni en peligro. Echa de menos ese sentimiento, la sensación de estar jugando con fuego. Hace más de un año que no experimenta algo así. El sexo con su marido no la excita desde hace siglos; le hace falta algo nuevo, algo que se salga de la rutina.

La iluminación del bar, pequeño y decorado con madera oscura al estilo antiguo, es escasa. En la pared de detrás de la barra hay botellas de licor y, detrás de estas, espejos. «Como en una película del oeste», piensa. Suena una pieza de jazz y, aunque no reconoce la canción, tiene la impresión de haber estado allí con anterioridad. Camina hacia el barman, que estaba dándole brillo a un vaso y llevaba una camisa, tirantes y una pajarita.

—¿Es nuevo este bar? —pregunta, como si no lo supiese, y él asiente con la cabeza.

No es capaz de calcular su edad. Podría ser más joven que ella, pero también bastante mayor. Tiene la piel curtida y canas en el pelo, pero sus movimientos al pasar el paño de algodón por el borde del vaso dan muestra de un enorme vigor y precisión. Brilla como un diamante, debe de llevar horas puliéndolo.

—Póngame un Martini`—pide. Una vez más, él asiente con la cabeza.

Ella toma asiento al final de la barra y mira a su alrededor. En el bar hay solo unas cuantas personas más, entre ellas la joven de la noche anterior y los dos caballeros que jugaban al billar. Una vez que le han servido la consumición advierte la presencia de una figura al fondo de la estancia, un hombre trajeado que mira por la ventana. Se dedica a estudiarlo desde el otro extremo de la sala; lleva la camisa ligeramente desabrochada y tiene la enorme mano apoyada junto a un vaso que contiene un líquido dorado, probablemente wiski. «Dios, estoy haciendo el ridículo», piensa, pero no puede evitar clavarle la mirada.

De repente, él se da la vuelta y la mira fijamente a los ojos. Ella lo esquiva girando la cabeza y toma un sorbo de Martini, pero con los nervios se le va la mano con la cantidad y se echa a toser. Nota que se está sonrojando, pero hace todo lo posible por evitar agitarse en el asiento porque sabe que él la está observando. Al cabo de un rato reúne el valor suficiente para volver a mirarle y, cuando lo hace, él está mirando otra vez por la ventana, esta vez con una sonrisa en los labios.

A la mañana siguiente, el sonido de la cafetera vuelve a recibirla cuando se despierta. Decide quedarse en la cama, esperando a que su marido venga a despertarla y le traiga café, pero este no se presenta. Al final no le queda más remedio que levantarse, pues no se puede permitir llegar tarde al trabajo por segunda vez en un mes. La invade una sensación extraña, una mezcla de náuseas y de alegría silenciosa. El hormigueo que siente en el estómago se extiende hasta los muslos, provocándole una risita tonta. Se viste y se dirige a la cocina, donde encuentra a su marido leyendo el periódico. Se dan los buenos días y él le pregunta si se lo pasó bien la noche anterior.

Le responde que sí, agradeciéndole el interés mostrado, y aparta la mirada, tratando de ocultar la incipiente sonrisa en sus labios y la renovada llama que le arde en las pupilas. Trata de rememorar la noche anterior. ¿Dos copas, tres? Puede que fueran cuatro. No había hecho gran cosa, principalmente observar a la gente desde su asiento, en especial a aquel tipo del traje. Al pensar en él, se despierta en ella una sensación familiar que no experimentaba desde hacía años y que es, a la vez, concreta y abstracta: se siente atractiva. A pesar de que nunca han intercambiado palabra, es el misterioso desconocido quien la hace sentir así.

Se sirve una taza de café, se la acerca a los labios y mira a su marido. A él también le pasa algo raro, irradia un brillo inusual. Seguramente el estarse enamorando de un desconocido le haga ver el mundo de color de rosa. Aunque no es más que un flechazo inofensivo y de lo más natural, no va a volver a aquel bar; no es buena idea. Ama a su marido y lo último que quiere es hacerle daño. Además, sabe perfectamente que el hombre del traje no es más que una quimera, una personificación de los problemas por los que atraviesa su matrimonio.

—¿Por qué no organizamos una cita esta semana? —la sorprende su marido, observándola desde detrás del periódico.

—¿Una cita? —responde ella, incapaz de disimular su asombro.

—Sí, una cita. Hace siglos que no hacemos nada especial. Podríamos salir a cenar, o traigo un buen vino y preparo yo la cena.

—Prefiero salir —se apresura a decir, y por unos instantes él parece ligeramente decepcionado.

Su marido trabaja en casa y no salen nunca; a ella quedarse en casa le resulta aburrido y él lo sabe.

—Claro´—responde con una sonrisa envalentonada, antes de volver a hundir la vista en el periódico.

Lo mira por un instante y, de pronto, vuelve a parecerle joven. «Es porque hoy lo veo todo de color de rosa», se dice a sí misma. En algún momento estuvo enamorada de él y, aunque no es capaz de recordarlo, está segura de que era esta misma sensación.

Van a un restaurante, como ella quería, pero ya ha perdido el interés bastante antes de llegar. Ha intentado arreglarse para la ocasión, pero esta vez no ha funcionado y en el espejo solo ve reflejado su viejo yo, esa mujer que se pasa la vida entre la casa y el trabajo. Cenan y conversan, tan correctos como de costumbre. Han pedido una botella de vino. Él hace un esfuerzo por hacerle preguntas sobre asuntos importantes, pero solo sirve para poner en evidencia lo poco que saben de la vida del otro, así que cambian de tema y hablan del tiempo, de política, de cultura, del trabajo.

Lo mira. No es que su marido no sea atractivo, es solo que es… otra persona, aunque quizás sea ella la que ha cambiado. De vuelta a casa, él le pone la mano en el trasero, a lo que ella responde con un forzado beso en el cuello. Aquella noche se dan una oportunidad. Él todavía recuerda lo que le gusta en la cama, y desde el punto de vista técnico no tiene nada que reprocharle, pero el alma de ella se encuentra muy lejos de allí y ella sabe que él también lo sabe. Ante tan incómoda situación, ambos actúan con timidez, turnándose para pedir disculpas. A continuación, se quedan dormidos uno al lado de otro, relativamente satisfechos.

A pesar de que se había prometido no volver a poner un pie en el bar, al llegar el viernes es incapaz de resistirse. Todavía guarda los zapatos de tacón en el bolso; es posible que los haya dejado allí con intención de no olvidarse de la persona que le gustaría ser y, al ir a guardar en el bolso un informe que tiene que leer ese fin de semana, siente la llamada de los zapatos. Mira a su alrededor y le pregunta a la compañera de al lado si tiene maquillaje que le pueda prestar. Sí que tiene. Colorete y barra de labios.

—¿Vas a salir? —indaga la compañera.

Le responde que tiene una cita con su marido y ella comenta algo así como «vaya, últimamente estáis que no paráis». Al salir del trabajo, le envía un mensaje a su marido avisando de que la chica que le ha prestado el maquillaje la ha invitado a salir a tomar algo. Su respuesta no tarda en llegar: «Pásalo bien». Ha llegado tan lejos con sus mentiras que no tiene el valor de responder.

El bar está abierto pero tan desierto como de costumbre, con una excepción: el hombre del traje está sentado donde ella se había sentado la última vez. Sabe que los asientos no tienen dueño, pero con la cantidad de sillas vacías que hay en el local, no puede tratarse de una mera coincidencia. Al verle, se siente nerviosa y excitada a la vez. Se queda un rato en la puerta, barajando la posibilidad de sentarse en otro lugar, pero al final decide mostrar la misma seguridad en sí misma que él. A medida que se va acercando, advierte que en realidad no está sentado en «su» silla, sino en la de al lado.

Juguetea con el vaso, dándole vueltas sobre la mesa y haciendo bailar el cubito de hielo. Ella se sienta sin dirigirle la mirada y el barman comienza a prepararle un Martini sin habérselo consultado. Siente sobre ella los ojos del desconocido. Se le acelera el corazón y nota un mareo. «¿Cómo es que he llegado hasta aquí?», comienza a cuestionarse, pero él la interrumpe:

—¿Te he quitado el sitio?

—No te preocupes —responde, y cae en la cuenta de que ha estado conteniendo la respiración desde que atravesó el umbral de la puerta—. Supongo que lo has hecho adrede.

—Por supuesto.

Se gira hacia ella sosteniendo el vaso entre el pulgar y el índice. Ella coge su Martini y bebe un sorbo antes de atreverse a hacer o a decir nada.

—Este local es nuevo —comenta, a lo que él asiente con un gesto—. ¿Por dónde salías antes de que lo abrieran? ¿Algún sitio chic en el centro de la ciudad?

Al mirarle, ve que está sonriendo.

—Normalmente me quedaba en casa —responde él tomando un trago. Ella se gira y hacia él y le parece descubrir algo que le resulta conocido, pero que no alcanza a definir. Entonces decide concentrar la mirada en el atractivo hombre, que debe de rondar su edad. Hay algo en él que destila clase, diferente a su antiguo jefe, pero de cierto modo familiar. No sabe exactamente lo que es—. Pero tengo la impresión de que hasta hace poco a ti te pasaba lo mismo —continúa, y ella siente un hormigueo en el estómago, como si se fuera a desmayar—. ¿Vives por aquí? —la mira con ojos oscuros y atractivos, y ella le sostiene la mirada.

Ahora se encuentran tan peligrosamente cerca que puede sentir el calor de su cuerpo filtrándose por la camisa y la chaqueta. Se inclina hacia ella, dispuesto a dominar su mundo, desafiando su fuerza de voluntad. No puede dejar de pensar en aquella tentadora mirada y en lo atraída que se siente por él, y se da cuenta de que él también lo sabe. Cuando le roza el muslo delicadamente, siente que está a punto de explotar. El calor de la palma de la mano se va expandiendo desde la rodilla en dirección ascendente. Tiene que irse de allí..

—Disculpa —farfulla, y apura el Martini. No se da la vuelta para observar la reacción del hombre, así que solo puede presuponer que se ha quedado perplejo.

A la mañana siguiente, se despierta con resaca. No acaba de entenderlo, pues solo se tomó una copa.

—¿Volviste muy tarde ayer por la noche? —le pregunta su marido al verla entrar en la cocina dando tumbos. Va a llegar tarde al trabajo por tercera vez en las últimas semanas.

Masculla algo a modo de respuesta. Su marido cierra el periódico y la mira.

—Eh, ¿te encuentras bien?

Ella cierra los ojos, sacude la cabeza y se bebe el café a sorbos.

—A lo mejor es que estás trabajando demasiado…

Lo besa en la mejilla y hace caso omiso de su comentario. Él la toma de la mano.

—Me lo pasé genial en la última cita. Tendríamos que volver a repetirlo uno de estos días.

«No», quiere explicarle, «no quiero ir de restaurante. Lo que me apetece de verdad es follar». Pero si dijera eso, su marido le tomaría el pelo y, además, él no le estimula en modo alguno la imaginación. Así que le responde que claro, que es buena idea.

Antes de marcharse, es ella quien le pregunta a él si sabe a qué hora volvió a casa por la noche.

—¿Eso no lo sabrás tú mejor que yo? —le responde con otra pregunta, y a ella no le queda claro si lo dice en tono de burla o de preocupación.

Le explica que perdió la noción del tiempo y, mientras se ata los zapatos, lo oye confirmar desde la cocina:

—Lo único que sé es que yo ya estaba durmiendo cuando regresaste, y me fui a cama a las once.

¡A las once! Seis horas después de salir del trabajo. «¿Pero cómo coño es posible?», se pregunta mientras baja las escaleras, «¿cómo puede ser, si solo me tomé una copa?». Por lo que recuerda, se marchó del bar al poco rato de haber llegado. De repente se siente pesada, cansada y abrasada de calor, y sus movimientos se vuelven muy lentos. Se le va el día tratando de revivir las horas y los minutos de la noche anterior, pero cada vez que se encuentra a un paso de dar con la explicación, esta se le escapa entre los dedos, como si le costara aferrarse a la realidad. Y entonces piensa en aquella mirada, en aquellos ojos oscuros buscando los suyos, que le recordaban al fuego y al sabor de la madera, tan traviesos y tentadores como peligrosos. Debería darle vergüenza; se había prometido no volver a tener más aventuras, aunque tampoco podía haberse imaginado que iba a conocer a una persona que la estimulase de aquella manera. A pesar de todo, se pasa el resto del día pensando en aquel tipo y en cómo se encontraron en el bar. La había estado esperando.

No a la otra mujer del local, joven y atractiva, sino a ella. Se siente embriagada por los halagos.

Por la tarde no puede más y tiene que hacer una escapada al baño. Con cautela, le echa el pestillo a la puerta y se empuja contra el lavabo, frotando el clítoris de un lado a otro contra la dura porcelana. Se humedece los labios pensando en el hombre del bar e imaginándoselo detrás de ella. El calor que desprendía, su aroma, sus manos… Al pensar en él le palpita la vagina y sigue frotándose contra el lavabo hasta que, entre temblores, se deja caer en el asiento del inodoro. Todavía no le cuadran las cuentas: las horas de sueño, el hombre, el bar, todas las horas que le faltan al día de ayer. Tiene la impresión de estar perdiendo la cabeza, pero aún así, no puede dejar de pensar en él.

La situación se mantiene durante un par de días, pero cumple la promesa que se ha hecho a sí misma de no volver a tener más aventuras y de, en su lugar, regresar a casa a dedicarle tiempo a su marido. Un par de veces al día se concede el capricho de imaginárselo metiéndole mano, o a los dos haciendo el amor en diferentes posturas, pero una noche que están viendo la televisión no puede más y, finalmente, sucumbe.

—Salgo a dar un paseo —se excusa, tratando de sonar convincente.

Se arregla lo mejor que puede, pero no demasiado para no despertar las sospechas de su esposo, se pinta los labios con discreción y sale de casa a hurtadillas. Trata de huir de la mala conciencia, que ha dejado en el sofá con su marido. No tarda en llegar al bar; va corriendo un rato bajo la lluvia, pero a medida que se aproxima reduce la velocidad para evitar presentarse bañada en sudor. Cuando entra en el local, se sienta en el sitio de costumbre, pide la consumición de siempre, se arma de valor y se encamina hacia él.

—¿Te importa que me siente? —pregunta, temblorosa.

Le acerca la silla de al lado y ella se sienta con las piernas cruzadas, tratando contenerse físicamente. El calor que desprende su cuerpo le resulta irresistible.

—Me alegro de que hayas decidido regresar —le dice con una voz tierna que le resulta muy agradable.

Vuelve a posarle la mano sobre el muslo, quemándola a través de las medias y haciendo que se le ericen los diminutos vellos de los brazos.

—Yo también —responde, bebiendo un sorbo de Martini.

Hablan de los temas más triviales en voz muy baja. El corazón le late aceleradamente, como si quisiera salírsele del pecho. Siente todo el peso de la mano en su pierna, y entonces hace un comentario particularmente brillante y nota cómo el pulgar de él le va recorriendo el interior del muslo en dirección ascendente. Se queda sin habla y bebe otro sorbo. Él la mira fijamente. Desprende un aroma seco a sándalo y olivas que le recuerda a su marido y que, por alguna extraña razón, hace que se sienta relajada. No hay nada que temer, está en un ambiente conocido.

—Tengo que ir al baño —se incorpora— ¿por qué no me acompañas?

Antes de echar un vistazo por encima del hombro, puede oír sus pisadas siguiéndola hasta los baños. Tiene la mirada tan clavada en ella que casi consigue que se tambalee. Y, como si la situación no tuviese de por sí el grado suficiente de sensualidad, las luces de los servicios son de color rojo. Se detiene frente a un gran espejo dorado situado en el exterior del baño y observa cómo se le acerca por detrás, la agarra por la melena y por un brazo, le inclina la cabeza hacia un lado y la besa en el cuello. Un escalofrío le recorre la espalda y aplasta sus nalgas contra los muslos y la erección de él.

—¿Es esto lo que quieres? —le pregunta, a lo que ella responde que sí con un gemido. Él le agarra un pecho y comienza a masajearlo suavemente sin dejar de besarla en el cuello. Se acuerda de sus múltiples encuentros con el lavabo de la oficina la semana anterior, pero entonces le aprieta el seno con más fuerza y le estira la blusa, deslizando la tibia mano por dentro del escote y tocándola por debajo de la ropa. Sin pensarlo, ella le desabrocha el cinturón con dedos temblorosos y él abre la puerta del servicio y la empuja hacia dentro. Allí, encima del lavabo, hay otro espejo. Ella sujeta el blanco lavabo con las dos manos y se aprieta contra su reflejo.

Él cierra la puerta tras ellos, la agarra por la cintura y la atrae hacia sí, recorriéndole con la mano la parte interna del muslo. Esto es suficiente para acabar de encenderla. Se levanta la falda, se baja las medias y deja que la incline sobre el lavabo. El hombre le agarra el trasero y le acaricia con dos de sus dedos los labios vaginales, de atrás hacia adelante, en dirección al clítoris. El placer se va propagando por todo su cuerpo como el fuego. Cuando la penetra, no puede evitar gemir a viva voz, lo cual hace que se sienta todavía mejor. Se empotra contra su trasero y la parte de atrás de sus muslos, y el placer alcanza una magnitud que nunca creyó posible.

Justo antes de alcanzar el clímax, comprende que nunca será capaz de renunciar a esto, que es lo que siempre ha necesitado, el tipo de pasión que tanto tiempo llevaba anhelando.

De camino a casa se recompone la ropa, y desde la entrada del piso le grita a su marido que tiene frío y necesita darse una ducha. Una vez en la ducha, se acaricia el sexo de atrás hacia adelante, tal como hacían un momento antes los dedos de él. Aprieta un muslo contra el otro y cierra el puño, frotándolo contra la vagina hasta que la invade de nuevo esa sensación tan maravillosa. Totalmente satisfecha, se va a la cama y aquella noche consigue dormir sin soñar. A la mañana siguiente, cuando se despierta, nota algo diferente, aunque no sabe describir exactamente lo que es.

Su marido descansa a su lado, y entonces advierte que lo que le ha llamado la atención es la ausencia del sonido de la cafetera. Parece haber regresado a su rutina habitual: la primera en levantarse por las mañanass y la primera en acostarse por las noches, tal como siempre ha sido. Sale sigilosamente del dormitorio, enciende la radio, pone la cafetera, se da una ducha y, cuando ha terminado, su marido entra en la cocina. También en él hay algo diferente, aunque tampoco acertaría a decir lo que es. Seguramente se trate de un efecto secundario de su recién resucitada lujuria. En el trabajo, se pasa el día entero pensando en la aventura de la noche anterior, y se muere de desesperación por volver a ver a ese hombre.

Sabe perfectamente que no va a ser esa noche. Llamaría demasiado la atención, pero no es capaz de evitar pasarse por el bar después del trabajo. Nota cómo el deseo va creciendo en su interior. Volver a ver el bar, o mejor dicho, a él, le servirá de inspiración más tarde, en la ducha. Pero a medida que se va acercando, se da cuenta de que algo va mal. La fachada del bar es diferente. El letrero de neón ha desaparecido y, aunque está demasiado lejos como para identificar lo que hay dentro de las ventanas, juraría que no son ni sillas ni mesas.

Cuando llega hasta el edificio, mira por las oscuras ventanas. Las paredes y los suelos están empapelados y hay un cartel en la pared que reza: «Cerrado por obras. Próxima apertura de restaurante de sushi». Estupefacta, mira a su alrededor para cerciorarse de que no se ha equivocado de calle. La panadería sigue en el edificio de al lado, lo único que falta es el bar. No lo acaba de entender. Entonces se da cuenta de que el corazón le late con fuerza en el pecho. En un principio cree que se debe a la confusión y al disgusto, pero entonces nota una continua pulsación entre las piernas y entiende que tiene que volver a casa para tratar de solucionarlo. Apura el paso y entra en el piso justo en el momento en que su marido sale de la ducha con una toalla alrededor de las caderas.

—Necesito poseerte ahora mismo —logra articular.

Él parece sorprendido, pero la atrae hacia sí. Entonces, todo sucede muy deprisa. Empiezan en el recibidor, arrastrando consigo los abrigos del perchero y uno de los estantes de la pared, y se van adentrando en el piso. La coloca sobre una cómoda, le introduce dos dedos en la vagina y le frota el clítoris con el pulgar, masajeándolo hasta hacerle perder el control. Ella separa las piernas, presiona su sexo contra la mano de él y se inclina hacia atrás.

Observa cómo su marido la penetra. Ha llegado el momento de volver a conocer a esta persona, a este desconocido de manos tibias y mirada de absoluta concentración que habita en su propia casa. Se corre y entonces percibe un familiar aroma a sándalo y olivas, una fragancia cálida y suave que la colma de felicidad y la hace enloquecer, envolviéndola en una bruma de color rosa. Se relaja y disfruta.

Muchos orgasmos más tarde, acostados uno al lado del otro, se gira hacia él y descubre lo feliz y sorprendido que está. Lo mismo que ella. Le da un beso en el hombro y le pregunta:

—Oye, ¿te acuerdas de lo que había antes al lado de la panadería a la que solíamos ir?

Él frunció el ceño.

—¿De la panadería? Que yo sepa no había nada en especial, ¿por qué me lo preguntas?

Ella sacude la cabeza y le da otro beso.

El calendario de Adviento

Todo había empezado con Kirsti: esa compañera de trabajo que se puede encontrar en todas las empresas a lo largo y ancho del país, la que lleva el pelo teñido de color rojo vivo y viste de forma provocativa, la que busca ser siempre el centro de atención, como las típicas niñas populares del instituto. Esa clase de mujer que, a pesar de rondar ya los cincuenta, sigue teniendo una necesidad enfermiza de que la aprecien, le hagan caso y la valoren en el trabajo, aunque nunca nadie sería capaz de satisfacer esa necesidad ni aunque se pasase el día entero escuchando su verborrea. A Marja, Kirsti no le caía especialmente bien, pero de alguna manera habían acabado coincidiendo en la sauna durante la importante conferencia de aquel otoño. La empresa para la que trabajaban había obtenido grandes beneficios durante el ejercicio anterior y había decidido agradecérselo de algún modo a sus empleados.

Por ello, la conferencia de otoño de aquel año se había organizado en una mansión con spa y el programa incluía jacuzzis exteriores, sauna y tratamientos cosméticos. Una tarde, ya solo quedaban en la sauna Marja y Kirsti. Los demás se habían ido ya a la cama o se estaban remojando en el jacuzzi de leña, y para entonces Marja y Kirsti ya habían bebido lo suyo. Fue Kirsti quien empezó a hablar de sexo. Divorciada y acostumbrada a tener citas con mucha gente diferente, Kirsti era bastante franca y abierta acerca de su vida personal, y el sexo era uno de sus temas favoritos, como bien sabía Marja después de varios años sentada cerca del escritorio de Kirsti en el trabajo. Por el contrario, a Marja no le gustaba demasiado compartir este tipo de información y se sintió inmediatamente incómoda cuando Kirsti le preguntó:

—A todo esto, ¿qué postura te gusta más?

Marja se revolvió incómoda antes de responder que no estaba del todo segura.

—¿Entonces, Henrik y tú probáis muchas posturas nuevas?

Marja no sabía muy bien cómo responder a esa pregunta, ni le parecía que fuera de la incumbencia de Kirsti, pero tampoco se lo iba a decir a la cara.

—Yo intento encontrar el equilibrio entre las cuatro posturas principales, pero tengo que reconocer que tampoco le hago ascos a una buena lamida de vez en cuando —dijo Kirsti con una risita traviesa.

Marja sintió un mareo; necesitaba irse a la cama y quizás enviarle a Henrik un mensaje de texto para decirle que estaba bien y que lo echaba de menos. A lo mejor había bebido demasiado; Kirsti, sin duda alguna, sí había bebido más de la cuenta, pero a Marja se le había quedado grabada una cosa:

—¿Las cuatro posturas principales? —miró inquisitivamente a Kirsti.

Esta la observó con un aire de superioridad.

—¿No sabes cuáles son? —preguntó, como tratando de prolongar intencionadamente la incomodidad del momento.

—No, no lo sé —replicó Marja con sequedad.

No le hacía falta que nadie le echara ningún sermón, y mucho menos Kirsti, aunque al mismo tiempo sentía curiosidad por saber sobre qué chachareaba esta vez su compañera. En los últimos tiempos Marja no había estado precisamente activa en aquel terreno, y en más de una ocasión se había sorprendido a sí misma soñando con otro tipo de relación de pareja, una relación más abierta a la experimentación. No estaba segura de qué era exactamente lo que le gustaría probar si él accediese, pero lo que más la preocupaba era su reacción. ¿Qué pasaría si se enfadaba, o si creía que ya no se sentía atraída por él? No era ese el problema; le amaba y de verdad le parecía que el sexo entre ellos era bueno, al menos la mayor parte del tiempo. Era solo que se había vuelto un poco… previsible. Los niños estaban siempre ahí, a su alrededor y, las pocas veces que se quedaban a solas, Henrik y Marja tenían suficientes cosas que hacer. Les iba bien, eran felices juntos, pero no pudo dejar de prestar atención a las explicaciones de Kirsti.

—Hay cuatro posturas principales —repitió Kirsti—: el sexo oral, el misionero, el perrito y la vaquera. ¿Ya las has probado todas? ¡Yo sí!

Marja se sonrojó al pensar en ello. Con el corazón en la mano, no fue capaz de recordar ni una sola ocasión en los últimos tres años en la que ella y Henrik hubiesen practicado algo que no fuese la postura del misionero, siempre en su dormitorio. Bueno, sí, una vez le había hecho una mamada por su cumpleaños, pero entonces su hijo pequeño, de seis años, había entrado en la habitación y estropeado el regalo de cumpleaños. Pero eso no se lo iba a contar a Kirsti.

—¿Sabes qué? Creo que es hora de que me vaya a la cama —se excusó Marja, levantándose del banco con el sudoroso cuerpo envuelto en una toalla.

—¿En serio? ¿Es que tienes vergüenza? No hay por qué tener vergüenza, todo el mundo tiene vida sexual.

Dándole las buenas noches, Marja cerró la puerta de la sauna tras ella. De repente, nuevas ideas parecían aflorar en su cabeza. Cuatro posturas, ¡guau! ¿Las habían probado todas ella y Henrik? ¿Las había probado ella, a secas? No supo responder.

Pasarían unas semanas antes de que Marja se sintiese preparada para mencionarle el asunto a Henrik, y el mes de octubre llegó y pasó sin que ella hubiese tenido tiempo de reflexionar sobre todo lo que le había dicho Kirsti durante la conferencia. Era un miércoles normal. Sus tres hijos se habían ausentado después de la cena para ir a hacer los deberes o a jugar en las tabletas, pero Marja y Henrik se habían quedado a recoger la cocina. Durante la cena, había salido a relucir el tema de las navidades. Este año les tocaba ser los anfitriones de la tradicional reunión de Navidad y tenían que empezar a hacer planes antes que de costumbre. ¿Qué hacer de comer? ¿Dónde alojar a los que se quedaban a pasar la noche? ¿Qué les podían regalar a los niños y cuánto era razonable gastar por cabeza? Henrik hablaba mientras fregaba los cacharros y Marja le escuchaba mientras los iba secando. Henrik acababa de recalcar cuánto les iba a costar la

Navidad aquel año y de pasarle a Marja un plato limpio cuando ella le puso la mano en el brazo diciendo:

—Escucha, mi amor. Hay una cosa que me gustaría probar.

Henrik parecía a la vez curioso y sorprendido.

—A ver, ¿de qué se trata?

A Marja le latía el corazón con fuerza, pero reunió el coraje suficiente para proponer:

—Bueno, lo he estado pensando y resulta que últimamente no nos lo pasamos demasiado bien… en la cama. En mi opinión, al menos. Entonces, durante el mes de diciembre me gustaría que probáramos cosas nuevas.

En un principio, Henrik pareció extrañado, pero enseguida sonrió.

—A ver, ¿y hay algo en particular que te apetezca probar?

Marja carraspeó.

—Sí —le respondió—, de hecho, tengo un montón de ideas. He pensado que podríamos probar a hacer algo así como un… calendario de Adviento, pero en vez de chocolate escribimos actividades picantes detrás de las ventanitas. Una cada día, hasta llegar a Navidad. Por supuesto, las actividades las elegimos juntos.

Y se mordió el labio antes de continuar:

—¿Qué te parece?

Súbitamente, una chispa se encendió en los ojos de Henrik. La había visto en otras ocasiones: era su forma de reaccionar cuando la deseaba.

—Por supuesto que sí —susurró, atrayéndola hacia sí.

Empezaron a investigar y, además de empezar con las preparaciones navideñas, se dedicaron a buscar en internet ideas y sugerencias para incluir en su calendario de Adviento. Al principio, Maja se sintió desorientada en un mundo de fantasías, juguetes y técnicas sexuales. Le preocupaba no ser capaz de mantener relaciones todos los días hasta Navidad, ¿qué iba a decir de ellos como pareja? El mes de noviembre pasó como una exhalación, entre planes navideños y momentos de introspección. ¿Habría riesgo de embarazo a pesar de su edad? ¿De verdad apreciarían los niños una casita de jengibre? ¿Cómo se las arreglaban cuando se acababan de enamorar, cuando la pasión se presentaba de manera natural y con frecuencia? ¿Dónde leches estaban las luces del árbol de Navidad? ¿Les haría falta usar Viagra? ¿Valdría la pena hacer su propio vino caliente con especias ese año? Cuando por fin llegó el primer día de diciembre, el calendario de Adviento estaba listo, con una ventanita para cada día del mes, desde el día uno hasta Navidad. El calendario consistía sencillamente en dos trozos de cartón pegados entre sí, que habían escondido debajo de la cama para que no estuviese a la vista de los niños. Al final se habían decantado por frases bastante generales que describían un tipo de actividad sexual para cada día, y ambos esperaban que el apetito sexual y el deseo hiciesen su aparición como por arte de magia. Era sábado y, algo indecisos, empezaron su experimento. Hacía más o menos un mes que no mantenían relaciones, y este nuevo proyecto los ponía un poco nerviosos. Después de que los niños se hubieran acostado, se escaparon al dormitorio cogidos de la mano y se metieron bajo el edredón como un par de adolescentes enamorados, como si estuviesen haciendo travesuras o algo prohibido, a pesar de que lo que hacían no tenía nada de extraordinario. Al acabar, se quedaron dormidos uno al lado del otro, satisfechos, pero a la vez deseosos de probar algo un poco más emocionante.

La oportunidad se les presentó al día siguiente. Era el primer domingo de Adviento y habían invitado a un par de parejas. Ambos se habían pasado un poco con el vino caliente y cuando el último de los invitados se hubo marchado, Marja se dispuso a recoger, llevando los cuencos de pasas y almendras a la cocina. Henrik había puesto un álbum navideño de jazz y Marja bailaba en el salón mientras recogía las copas de vino caliente y servilletas que los invitados habían dejado esparcidas por aquí y por allá. Con una cerveza en la mano, Henrik se apoyó contra el marco de la puerta del salón y contempló a su mujer, que se había arreglado para la ocasión y llevaba un vestido rojo que se le ajustaba al cuerpo en los lugares adecuados. Le vino a la memoria inmediatamente su aspecto de joven, antes de que llegaran los niños. En aquella época la había amado de una forma diferente, idealizada. Ahora la conocía mejor, con sus fortalezas y debilidades, y le tenía un gran respeto. Al verla balancearse de un lado a otro tratando de canturrear las cursis melodías navideñas, sintió que la polla se le endurecía dentro de los pantalones vaqueros. Estiró el brazo para apagar la luz del techo. Ella se giró, riendo alegremente.

—No te había visto —dijo, algo avergonzada.

—Pues yo a ti sí —fue la respuesta de Henrik.

Los dos se rieron de lo cutre del comentario y Henrik tomó otro sorbo de cerveza. Empezó a sonar otra canción y Marja se acercó y se puso a bailar sugerentemente frente a Henrik, presionando su cuerpo contra el de su marido. Al hacerlo, notó la erección y colocó la mano sobre el abultado miembro.

—Vaya, me daba la impresión de que esto iba a resultar un poco complicado, pero ya veo que no —dijo, tomándole el pelo—, estás más salido que un adolescente.

—No lo sabes bien —replicó Henrik, besándola.

La cogió de la mano y la condujo hasta el sofá. Posó la cerveza sobre una mesita de café y la tiró sobre el sofá de un empujoncito. Ella rio encantada.

—Huy, ¿qué está pasando aquí? —preguntó, todavía bajo los efectos del vino caliente.

En lugar de responderle, Henrik se arrodilló en el suelo frente a ella y le separó las rodillas, agarrándola por los muslos y atrayéndola hacia sí con tal fuerza que se le subió el vestido. Ella ahogó un grito cuando le quitó rápidamente las braguitas, y apenas tuvo tiempo de pararse a pensar que nunca antes había hecho esto, porque entonces Henrik tiró de ella, acercando el coño a su cara e inclinándose sobre él, y se le quedó la mente en blanco.

—¿Y los niños? —intentó protestar ella.

—Están arriba, los oiremos galopar por las escaleras —murmuró Henrik besándola en el clítoris.

Marja se arrepintió de no haber probado esto antes. Nunca se lo había pedido, dando por hecho que a Henrik no le apetecía, puesto que nunca se lo había propuesto. Mientras la lengua de él jugueteaba con sus labios vaginales, reparó en que se había afeitado la barba, seguramente en preparación para este momento. Resultaba mucho más placentero de lo que había imaginado. Pequeñas llamas le ascendían por la entrepierna y el vientre con cada lametazo, y una placentera sensación de calor le recorrió todo el cuerpo. Inclinó la cabeza hacia atrás, empujó las tetas hacia arriba y se aplastó contra la lengua de él, que danzaba rítmicamente, con movimientos ascendientes y descendientes, entre el clítoris y la vagina, a un ritmo suave y regular al principio y, a medida que ella se iba relajando, con movimientos más salvajes. Le apretó las nalgas y tensó la lengua, hacia delante y hacia atrás, una y otra vez, contra el clítoris.

—¿Cómo es que se te da tan bien? —preguntó entre gemidos.

—Lo leí en un manual —respondió Henrik, concentrándose en frotarle aquel lugar perfecto justo encima del clítoris con la punta de la nariz, a la vez que le introducía la punta de la lengua en la vagina.

Ella gimió en voz alta y se sujetó al pelo de Henrik para aplastarse aún más contra él, que le respondió morreándole el coño de una forma que no había experimentado en su vida.

—¡Mamá! —gritaron de pronto desde el piso de arriba.

Marja dio un respingo al oír el sonido de pisadas que se aproximaban por las escaleras. Sin pararse a pensar, Marja apartó la cabeza de Henrik y cruzó las piernas, ocultando las braguitas entre los cojines del sofá. Con los nervios de punta se abalanzó sobre la mesa para tomar un pastelito de una bandeja que había quedado olvidada después de que los invitados se hubieran marchado. Henrik se puso en pie, cogió la cerveza y se dirigió apresuradamente hasta la ventana.

—Mira, está nevando —dijo cuando su hija se presentó en el salón para consultarles algo relacionado con los deberes.

La semana siguiente decidieron practicar en el dormitorio con la puerta cerrada.

Cuando llegó el segundo domingo de Adviento, ya habían tenido oportunidad de disfrutar de tiempo en pareja en nueve ocasiones. O, mejor dicho, se habían asegurado de reservar un hueco para estos encuentros sexuales. Marja había comprado en una de las tiendas del pueblo un kit para hacer una casita de jengibre y glaseado de diferentes colores para pegar las diferentes partes y decorarla. Recordaba las casitas de jengibre como una entretenida actividad para toda la familia, y le parecía que sus hijos disfrutaban con esta y con otras actividades navideñas creativas en familia. Pero este año estaba siendo un poco diferente; los niños eran ya adolescentes, o casi, y en la casa solía reinar el mal humor. En el espacio de un año, las casitas de jengibre habían pasado de ser una entrañable tradición familiar a convertirse en la más ridícula y espantosa de las actividades, como lo era pasar tiempo con los padres. Preferían quedarse en sus habitaciones con los auriculares puestos y el iPad delante de las narices. Marja era plenamente consciente de que la cantidad de tiempo invertido en actividades electrónicas se había disparado en los últimos tiempos, pero no estaba mentalmente preparada para que fueran a rechazar de plano su sugerencia. Al final, Marja se quedó a solas en la cocina, peleándose con el pegajoso glaseado hasta bien entrada la noche. Los niños ya se habían acostado y Henrik había tenido tiempo de lavarse los dientes antes de que, después de tanto esfuerzo, su obra maestra en miniatura empezase a coger forma. A eso de las once de la noche, Henrik bajó de la habitación con la bata de casa puesta y le preguntó si no tenía pensado irse a la cama.

—¡Es que quiero acabar esta puñetera…! —explicó Marja, soltando un taco cuando uno de los caramelos que había tratado de adherir a la chimenea resbaló y aterrizó sobre el algodón, que se suponía que era nieve.

Henrik no pudo contener la risa.

—¿Te ayudo? —se ofreció.

—Como quieras —dijo ella, señalando un tubo de glaseado rosa con la cabeza.

Henrik lo tomó y, entre los dos, consiguieron sostener las piezas, aplicarles el glaseado a modo de pegamento y pegarlas. Marja se sorprendió al reconocer que en el fondo se estaban divirtiendo con aquella fiera indomable en que se había convertido la casita de jengibre. Y al final lo lograron. La construcción se tambaleaba un poco, pero tuvo que admitir que se sentía orgullosa de su obra. Chocaron los cinco con ironía y se abrazaron con fuerza.

—¿Has probado el glaseado? —le preguntó Henrik.

—No, ¿por? ¿Acaso tienes ganas de dulces? —dijo, sin acabar de comprender.

Él cogió el tubo rosa y se extendió una pequeña cantidad de pasta de azúcar sobre el pulgar. Antes de que pudiera hacer nada, ella lo sujetó por la muñeca y guio el pulgar hasta su propia boca, lamiendo el glaseado rosa del dedo y apretando luego el pulgar contra sus labios para chuparlo sin dejar de sostenerle la mirada. Él le pasó el brazo por la cintura y se apretó contra ella, que retrocedió unos pasos hacia la mesa del comedor, notando cómo el borde de la mesa se le clavaba en las nalgas. Tenía el coño empapado. Él deslizó un muslo entre las piernas de ella y la tumbó de espaldas sobre la mesa. Le quitó el pulgar de la boca y la besó.

—¿Los niños duermen ya? —preguntó ella en voz muy baja.

—Creo que sí.

Durante los diez minutos siguientes compartieron besos, abrazos y caricias, y cuando Henrik fue a apagar la luz para evitar servir de entretenimiento gratuito para los vecinos, ella se desnudó y desplazó con cuidado la casita de jengibre hacia un lado. No iba a arriesgarse a destruirla después de todo el esfuerzo invertido. En la penumbra, vio cómo Erik se quitaba la bata, dejando a la vista su erección.

A Marja le pareció que Henrik tardaba una eternidad en llegar hasta ella, tanto que notó cómo la invadía la desesperación hasta que pudo por fin tenerle otra vez. Esta vez sin ropa. Le rodeó el cuello con los brazos, dándole un dulce beso profundo y azucarado. Él le agarró las nalgas, apretándolas ligeramente, subiéndola encima de la mesa y separándole las piernas. Ella se apoyó hacia atrás para que él pudiese entrar en ella con más facilidad, y le envolvió el cuerpo con las piernas cuando la penetró. Sus movimientos lentos y controlados la hicieron enloquecer y le suplicó una y otra vez que la embistiera más rápido y con más fuerza. Al cabo de un rato. Erik sucumbió a sus súplicas y Marja finalmente alcanzó el orgasmo y se desplomó sobre la mesa, envuelta en dicha y felicidad.

La semana siguiente pasó como una exhalación. Sin saber cómo, se encontraban en el tercer domingo de Adviento y las preparaciones navideñas apenas habían progresado. Marja y Henrik habían salido al centro comercial a comprar los regalos, basándose en las listas de sus hijos. Ya se habían puesto de acuerdo en los regalos: un iPad para el más pequeño, y para el mayor, unas botas de fútbol y un videojuego previamente inspeccionado y aprobado por sus padres. Su hija estaba ahorrando para comprarse un bolso caro y había pedido una contribución económica. Decidieron que le darían el dinero y algún pequeño detalle; Marja había pensado en un libro, pero Henrik estaba seguro de que a su hija de catorce años le haría más ilusión que le regalaran maquillaje. Recorrieron pasillos y más pasillos entre luces de navidad y estrellas luminosas, coleccionando bolsas de diferentes establecimientos, y de repente Henrik le dijo:

—Te quiero.

Lo inesperado del comentario hizo reír a Marja. No se acordaba de la última vez que le había hecho una declaración de amor, pero le respondió rápidamente:

—Yo también te quiero. Me alegro tanto de que hayamos… ya sabes, el calendario de Adviento. Dios sabe cuánto hace que no me sentía tan unida a ti.

La mirada de deseo de él le hizo sentir mariposas en el estómago. Era una sensación que conocía, pero que hacía muchos años que no experimentaba.

Y entonces lo comprendió todo. «¡Qué fuerte!¡Me estoy volviendo a enamorar… de mi marido!»

Henrik debió de ver cómo lo miraba, porque la cogió de la mano y la atrajo hacia sí.

—Corrígeme si me equivoco —le susurró al oído—, pero creo que hoy no hemos abierto la ventanita del calendario.

Marja sintió un sofoco entre las piernas y se mordió el labio.

—No, tienes razón. ¿Y si buscamos un sitio para tratar de arreglarlo?

A Henrik le pareció una idea estupenda y se marcharon en busca de una solución a este nuevo problema que se les acababa de plantear Al final lograron encontrar un baño que quedaba algo apartado. Se acercaba la hora de cerrar y los grandes almacenes solo iban a estar abiertos durante otros cuarenta y cinco minutos. Los clientes se iban encaminando ya hacia las cajas y la salida, así que era el momento ideal para disfrutar de un momento a solas. Entraron apresuradamente en el aseo, riendo alegremente mientras cerraban la puerta tras ellos, como dos adolescentes en una fiesta haciendo lo que no debían. El aseo estaba lo suficientemente limpio como para pasar en él los próximos quince o veinte minutos sin tener que preocuparse por su salud. Depositaron las bolsas con los regalos de Navidad sobre el suelo y se apresuraron a quitarse la ropa. Marja se las arregló para quitarse a patadas los zapatos al tiempo que trataba de desabrocharle la camisa a Henrik. Él la besó y ella aprovechó para empujarlo contra el inodoro. Henrik a punto estuvo de caerse y quedó sentado a medias sobre la tapa del inodoro, con Marja a horcajadas sobre él tras haber conseguido quitarse el panty en una de las piernas. Él le apretó el muslo, recorriéndole el cuerpo con las manos hasta la zona lumbar y arrastrándola hacia él. Ella se encorvó hasta encontrar sus labios y dejó que la lengua entrase en la boca de Henrik. Las risitas nerviosas y torpes movimientos pronto dejaron paso a algo más serio y profundo. Marja le desabrochó el cinturón, le bajó la cremallera de los pantalones y trató de quitárselos tirando de ellos. Entretanto, él la acarició como le gustaba que la acariciase: las nalgas, los pechos, los muslos y el cuello. En cuanto logró bajarle un poco los vaqueros, Marja liberó aquella polla erecta de la prisión en que se encontraba; con sus caricias se había puesto dura como una piedra. Empezó a frotarla contra su entrepierna. Henrik suspiró de placer y le sujetó las nalgas con más firmeza. Ella continuó deslizando la punta de su pene hacia delante y hacia atrás contra su vulva hasta que él, entre jadeos y gemidos, le suplicó que dejase de provocarlo así. Pero Marja no cedió hasta que se le puso tan dura que pensó que iba a correrse allí mismo, y entonces se acomodó en su regazo y dejó que la penetrara, frotándose contra él para satisfacer sus propios deseos y alcanzando el placer infinito. Marja observó que a Henrik le gustaba ver cómo ella tomaba la iniciativa y lo controlaba; decidió que tendrían que hacer esto más a menudo. Cerró los ojos y se concentró en las profundas palpitaciones de su entrepierna. No tardó en correrse y, casi simultáneamente, también Erik alcanzó el orgasmo. Salieron a hurtadillas del baño, sudorosos pero felices con el contenido de aquellas crujientes bolsas, que hasta hacía poco se encontraban esparcidas por el suelo mientras ellos daban rienda suelta a la pasión. Y entonces se fueron caminando hasta el coche cogidos de la mano, dispuestos a regresar a casa.

En Nochebuena disfrutaron del raro privilegio de tener la casa para ellos solos. Sus tres hijos se habían ido a casa de uno de sus amigos y no regresarían hasta las ocho o las nueve, así que Marja y Henrik cenaron temprano, con una buena botella de vino. Al acabar de recoger, Henrik propuso encender la chimenea. Ya habían puesto el árbol de Navidad y decorado el resto de la casa, los regalos estaban envueltos y toda la comida que se podía preparar con antelación estaba lista. Marja se sentía extremadamente satisfecha con las preparaciones, relajada y posiblemente un poquito achispada. Bebió las últimas gotas de vino y se dirigió al salón, donde Henrik había conseguido mantener el fuego encendido.

—Espera ahí, no te muevas —le ordenó, posando la copa de vino sobre la mesita de café.

Subió corriendo las escaleras, cogió la alfombra de borreguillo que normalmente estaba doblada sobre una silla y a continuación procedió a quitarse la ropa, dejando a la vista la nueva ropa interior que se había comprado aquella misma semana. Cuando le mencionó a su marido la idea del calendario por primera vez y empezaron a planear el experimento, jamás hubiese podido predecir que llegarían tan lejos ni que tendría tanto éxito. En este último mes, habían vuelto a sentirse más unidos que nunca. No es que mantuviesen una mala relación, pero lo cierto es que no había sido tan buena desde… bueno, ni siquiera recordaba desde cuándo. Esta nueva actitud ante el sexo impregnaba cada pequeño momento de su vida: tenían más contacto físico, de pronto compartían muchos más chistes personales y en el trabajo le tardaba volver a casa para estar con él. Era como volverse a enamorar, y hasta sus hijos parecían haberse dado cuenta del cambio. Su hija les preguntó si iban a tener un hermanito, y cuando ella se rio a carcajadas y le respondió que eran un poco mayores para eso, la muchacha hizo hincapié en el extraño comportamiento de sus padres en los últimos tiempos. Ahora Marja se encontraba frente al espejo luciendo la nueva lencería roja de encaje. Se sentía atractiva. Naturalmente, había partes de su cuerpo que le gustaría cambiar, pero se sentía joven una vez más. Se llevó la alfombra de borreguillo al piso de abajo y miró la hora con atención. Faltaban como mínimo un par de horas para que regresasen los chicos; tenían todo el tiempo del mundo. Al entrar en el salón se encontró a Henrik en cuclillas, avivando el fuego. Cuando este se giró para comentarle algo, se le abrieron los ojos como platos.

—¡Guau! —fue todo lo que alcanzó a articular.

—¿Qué te parece? —preguntó en tono provocativo, aunque al mismo tiempo estaba sinceramente interesada en su opinión. Ya no tenía el mismo cuerpo que cuando se conocieron.

—Estás impresionante —dijo, con una sonrisa de oreja a oreja—. No me puedo creer que esté casado con este bellezón.

Marja rio.

—Pues créetelo.

—Vale, me lo creo.

Luego se acercó hasta él, extendió la alfombra delante de la chimenea, se sentó sobre ella y separó las piernas.

—Quítate la ropa —le ordenó.

Él se apresuró a despojarse de la camisa y los vaqueros y, al verlo con los bóxers todavía puestos, Marja le dijo en un tono de voz que no daba pie a bromas:

—Toda la ropa.

Sin perder un segundo, los bóxers salieron volando. Él se arrodilló entre las piernas de Marja, la sujetó por los muslos y se los acarició con ternura.

—¿Qué te apetece que te haga? —le ofreció.

Poniéndole la mano en el cuello, lo atrajo hacia ella. Se besaron y él siguió recorriéndole a besos y caricias las mejillas, las orejas y el cuello, en dirección a la clavícula y los pechos. Ella inclinó la cabeza hacia atrás, dejando que su cuerpo se relajara, como si se estuviese concediendo permiso para disfrutar de aquellas caricias. Él no se detuvo, besándole los hombros y la zona del escote hasta ponerle la piel de gallina. Luego le puso las manos sobre el costado del vientre para ir desplazándolas hacia abajo, hasta el monte de Venus. Irguiendo la cabeza, procedió a besarle el interior y el dorso de los muslos. Marja tenía muy vivos recuerdos de aquella noche del primer domingo de Adviento, y al revivirlos se sintió mojada y cálida por dentro. Contempló las llamas anaranjadas que lamían el interior de la chimenea. El árbol de Navidad estaba precioso con todos los regalos debajo, listos para el día siguiente y, de pronto, la estampa al completo le resultó tremendamente sensual y tentadora. Le puso un dedo bajo la barbilla y lo obligó a mirarla.

—Quiero que me poseas —murmuró, haciendo ademán de girarse.

Henrik pilló la indirecta y la sujetó por las caderas, apretando la polla contra sus nalgas y frotándose contra el cuerpo de ella. Marja forcejeó tratando de quitarse las nuevas braguitas rojas de encaje, pero él le dijo que, ya que había hecho el esfuerzo de vestirse así para la ocasión, era mejor que se las dejase puestas. Entonces, se las apartó hacia un lado y empezó a acariciarle la zona alrededor del clítoris; ella sintió y oyó cómo al mismo tiempo se estaba autocomplaciendo. Todo sucedió mucho más rápido de lo esperado y cuando la penetró dejó escapar un gemido. Las rítmicas embestidas aumentaban de intensidad y velocidad a cada minuto. Por regla general no le solía gustar el sexo duro, pero en aquel momento solo deseaba que él empujase con más y más fuerza. Quería sentirlo dentro de ella y así se lo hizo saber, lo cual de alguna manera pareció excitarlo aún más. Le acarició delicadamente una de las nalgas y a continuación le dio una ligera palmadita. Ella tomó aire y él le volvió a acariciar la nalga.

—Vuelve a pegarme —le pidió, antes de que él pudiese decir nada.

Él obedeció, un poco más fuerte esta vez. Ella gimió en voz alta y se dejó desplomar boca abajo sobre el suelo. Él la llenó hasta el fondo, combinando las ligeras palmaditas con profundas embestidas que la hicieron correrse una y otra vez, hasta que los dos se unieron en un grito de placer. Cuando se hubo recuperado del tercer orgasmo, Marja se giró, tumbándose boca arriba, y atrajo a Henrik hacia sí. Permanecieron así unos instantes, saboreando el éxtasis poscoital sobre la alfombra de borreguillo.

A la mañana siguiente, a Marja la despertó Henrik dándole un beso en la frente.

—Feliz Navidad —susurró él.

—Feliz Navidad —respondió ella, con aire de perplejidad.

—Tengo un regalo de Navidad para ti del que Papá Noel no sabe absolutamente nada —dijo con una sonrisa traviesa.

Ella se sentó sobre la cama, haciendo un esfuerzo consciente por despertarse.

—Henrik, ¿qué hora es?

—Las siete menos cuarto —confirmó él.

Y entonces recordó que ese día era Navidad y no tenían que levantarse hasta dentro de un par de horas. Se lo echó en cara, ligeramente contrariada por haber sido despertada tan temprano, pero él simplemente reiteró que tenía que darle su regalo de Navidad.

—Iba a guardarlo para esta noche, pero no creo que haga falta esperar —dijo, entregándole un paquete pequeño y cuidadosamente envuelto.

Al abrirlo, se encontró con un pequeño vibrador de color rosa y de forma ovalada.

Marja rompió a reír y de pronto se sintió mucho más despierta.

—¿Ahora?

Henrik sonrió, encogiéndose de hombros.

—Si quieres… Los niños aún duermen, la comida está preparada y aún faltan horas para que lleguen los invitados.

Marja carraspeó y sacó otro pequeño paquete con una envoltura ligeramente diferente que le entregó a Henrik, que arqueó las cejas.

—Bueno, parece que los dos hemos tenido la misma idea —dijo Marja a modo de explicación.

Su regalo para Henrik eran unas esposas con estampado de leopardo. Tumbados sobre la cama, bromearon un rato acerca de los regalos. Luego, dejándose de bromas, pasaron a hacerles sendos controles de calidad a las esposas y al pequeño vibrador. Los dos artículos cumplieron las expectativas. Algunas horas más tarde, Marja pensaba en la suerte que había tenido al poder disfrutar de aquellas dos horas juntos, porque aquel tiempo les había servido para explorar las nuevas dimensiones de la otra persona que estaban empezando a salir a la superficie. Rodeada de sus invitados, se sintió completa y feliz de una manera que no había creído posible después del primer o segundo año de matrimonio. Esta había resultado ser, después de todo, la más hermosa de las Navidades.

Solsticio de verano

La conocida canción que tronaba por los altavoces del coche transportó a Alicia al último día de clase y al comienzo de las vacaciones de verano, muchos años atrás. Alex había estado tarareándola un rato para luego ponerse a dar golpecitos en el volante al ritmo de la música, algo desacompasado. En el interior del vehículo hacía un calor infernal y, aunque llevaban ambas ventanillas bajadas para que circulara un poco de aire, apenas se notaba la diferencia. A pesar de que habían salido de casa antes de las nueve de la mañana, la cola para el ferri era ya inacabable. En la costa, la gente desempolvaba las barcas para acercarse hasta el archipiélago a celebrar el solsticio de verano. Pero a aquellos que no tenían barca no les quedaba otra opción que el ferri, que solo tenía espacio para un número limitado de coches por trayecto, así que el viaje acababa convirtiéndose en una larga y pesada travesía. Habían ido charlando a ratos, y Alex había tratado de abordar con delicadeza aquel espinoso tema, pero todas las veces acababa dando marcha atrás con determinación. Tenía muy claro que quería ayudar, lo que no sabía era exactamente cómo.

—Pero será genial celebrar el solsticio de verano en una isla de verdad, idílica, en el archipiélago —comentó de pasada, como si no esperase respuesta.

Alicia respondió con un ¡hum! y miró Instagram en el móvil por enésima vez. Alex echó un rápido vistazo y frunció la nariz.

—¿No te parece que hoy ya has pasado suficiente tiempo en Instagram? —la recriminó.

—¡Nop! —respondió Alicia de malos modos, pero cerrando la aplicación de todas maneras.

—Bueno, ya sabes dónde me tienes si necesitas hablar —respondió Alex sin demasiada convicción.

—Ya —replicó Alicia con brusquedad.

Ya habían hablado del tema. La decisión de haber terminado la relación había sido de Alicia, no de Marco. De aquello hacía ya un mes; tendría que haber superado la ruptura y ella lo sabía perfectamente, pero le resultaba difícil saber adónde ir y cómo actuar a continuación. A pesar de ser mayor de edad, se sentía como una novata, sin nada de experiencia, y el llamado «mercado de solteros» había evolucionado una barbaridad desde que había empezado a salir con Marco; no sabía ni por dónde empezar. La situación de Alex era completamente distinta. Desde que eran amigos, nunca había tenido pareja estable, al menos hasta ahora. Alicia pensaba que la nueva pareja de Alex tenía que ser verdaderamente especial para haber conseguido que se plantease sentar la cabeza. Ella iba a conocer a Sabine en el Midsommarnatt, la fiesta para celebrar el solsticio de verano, que organizaban unos amigos de la chica. Sabine se encontraba ya en la isla ayudando con las preparaciones. En realidad, Alicia no sabía prácticamente nada de ella, aparte de que Alex estaba enamorado hasta la médula de aquella chica y que, para él, esto suponía adentrarse en territorio desconocido. Alicia podría haberle tomado el pelo fácilmente, pero resistió la tentación; solo serviría para irritarlo.

—Lo que te pasa a ti es que necesitas un polvo —le espetó Alex, dirigiéndole una mirada nerviosa a Alicia.

Ella dejó escapar una risita sonora.

—¿Y a quién te crees tú que le va a apetecer llevarse a la cama a este careto melancólico y muerto de miedo? Las únicas relaciones sexuales que he mantenido en la vida fueron con Marco y, definitivamente, no sé cómo comportarme en una cita.

Alicia cayó en la cuenta de que sus propias palabras, aunque pronunciadas con humor, no podían estar más cerca de la realidad.

—Anda ya, ¿qué dices? ¡Si estás buenísima! —le respondió Alex, sin mirarla esta vez, limitándose a apretar el volante con la vista clavada en el muelle.

Alicia notó cómo por el cuello de Alex iban apareciendo pequeñas manchitas rojas, como siempre que estaba estresado. Qué sensación tan extraña; si no hubiesen sido amigos desde lo que se le antojaba como una eternidad, habría pensado que le estaba tirando los tejos…

—¡Si tú lo dices…! —contestó ella, con una risa ligeramente incómoda.

Se quedaron en silencio un instante, durante el cual Alicia vio que Alex estaba tratando de reunir el coraje suficiente para decirle algo.

—Verás…es que esta fiesta… —trató de arrancar Alex—. Seguramente debería habértelo dicho antes, pero…

—Alex —lo interrumpió Alicia—, de verdad que no me importa que venga Sabine. Seguro que es una chica encantadora y nos vamos a llevar de maravilla, así que tú tranquilo, ¿vale? Y ya no me quedan más fuerzas para hablar, este calor me está volviendo loca.

Alex se quedó en silencio, mirando por la ventanilla. Alicia cerró los ojos y anunció que iba a tratar de echar una cabezadita. Sumida en la ensoñación, flotando a caballo entre el sueño y la vigilia, Alicia empezó a imaginarse cómo sería mantener una relación romántica con Alex. Naturalmente, jamás iba a suceder; no eran más que los pensamientos que se le arremolinaban en la cabeza en su actual estado de semiinconsciencia, pero aun así… Era muy atractivo. Lo había visto muchas veces sin camiseta y sus músculos nunca dejaban de impresionarla. Esta era, seguramente, la intención de Alex: impresionar, aunque no precisamente a Alicia. Siempre había existido entre ellos una pequeña chispa de atracción, y no les habían faltado ocasiones para enrollarse, pero eran solo amigos, y Alicia así lo prefería. Necesitaba un amigo como Alex, pero lo que sucediera dentro de su cabeza no era asunto de él. Alicia imaginó lo sexi y bronceado que estaría Alex al final del verano y lo que se sentiría al tener aquellos impresionantes pectorales sobre su propio busto. Apartando la cola de coches y el calor estival de su mente, visualizó a Alex desgarrando las camisetas de ambos y empujándola contra el asiento del acompañante. Tensó los músculos pélvicos y apretó las nalgas de la forma más imperceptible posible; era lo único que podía hacer en aquel momento, y siguió imaginándose el cálido cuerpo de Alex en contacto con el suyo. Era como probar el fruto prohibido: inmoral y, a la vez, deliciosamente rebelde.

Después de una larga espera, consiguieron por fin llegar a la casa. Se trataba de una vivienda sin adosar, de dos pisos y estructura liviana, construida a principios de siglo, próxima a la bahía y con vistas al mar. Cuando aparcaron el coche, Alex y Alicia pudieron comprobar que las celebraciones se encontraban ya en pleno apogeo. Por el jardín trasero se acercaba una chica de cabellos oscuros que llevaba un vestido rosa pálido. Se dirigió hacia ellos a paso ligero tan pronto como se bajaron del coche, saludándolos enérgicamente con la mano. A juzgar por la sonrisa enamorada y bobalicona de Alex, debía de tratarse de Sabine. La joven besó a Alex apasionadamente para, acto seguido, rodearle a Alicia el cuello con los brazos.

—¡Qué bien que hayáis venido! —exclamó, y Alicia identificó el perfume floral como uno de Marc Jacobs que se contaba entre sus favoritos.

Sabine los cogió de la mano y los condujo hasta la casa, en la que ya se habían reunido algo más de veinte personas. Alguien le tendió una cerveza a Alicia, que procedió a presentarse, estrechándoles la mano a todos los presentes. El ambiente era inmejorable, y resultaba evidente que todos se llevaban bien y estaban encantados de haber venido. Decidió, por una vez, tratar de apartar a Marco de su mente y pasárselo bien, dejándose sumergir de lleno en el ambiente festivo.

A la hora de comer, a Alicia le tocó sentarse al lado de Sabine. Esta parecía gratamente sorprendida, pero Alicia tuvo la sospecha de que había tenido algo que ver en la planificación. Habían servido el tradicional arenque sueco de Midsommar con patatas nuevas y panecillos crujientes escandinavos, todo ello regado con cerveza y vodka de sabores. Uno de los invitados, que se había graduado hacía al menos quince años, pero todavía no había dejado atrás la vida de estudiante, improvisó un coro con todos los presentes para cantar mientras tomaban los chupitos de vodka. Alicia se les unía cuando se sabía la letra y se llevó una grata sorpresa al descubrir lo bien que se lo estaba pasando. Era la primera vez que se sentía bien desde que había decidido romper con Marco. Bien de verdad. Estuvo charlando con Sabine, que le habló de su trabajo como periodista de viajes y de todos los lugares lejanos y exóticos que había visitado. Alicia pensó que Alex se había echado una novia realmente encantadora y se alegró sinceramente por los dos, pero no pudo dejar de sentirse incómoda cada vez que Sabine le posaba la mano sobre el muslo o le recolocaba algún mechón de pelo detrás de la oreja con dedos ágiles. Alicia trató de restarle importancia y lo achacó a que parte de su familia era brasileña y era posible que tuvieran otro concepto de espacio personal. A medida que avanzaba el día y Alicia iba consumiendo más alcohol, se fue sintiendo más relajada y menos intimidada por los acercamientos de Sabine. A lo mejor hasta podían ser amigas. A Alex le parecería genial, seguro.

Después del almuerzo, los invitados se dispersaron por el jardín. A unos les apetecía jugar a alguno de los juegos típicos de Midsommar, otros preferían ir a ver el nuevo velero que alguien se acababa de comprar y unos terceros optaron simplemente por tumbarse sobre el césped con una cerveza y disfrutar del sol. Alicia no vio a Alex ni a Sabine por ninguna parte y se sintió un poco perdida, sin saber muy bien qué hacer o adónde dirigirse.

Trató con todas sus fuerzas de no parecer demasiado desorientada cuando una chica se acercó a ella. Había estado sentada frente a Alicia durante la comida, y Alicia había dado por supuesto que era una de las anfitrionas.

—Me llamo Elin —se presentó la muchacha, tendiéndole la mano a Alicia. ¿Te apuntas a una partida de kubb? Nos falta un jugador para completar el equipo.

Alicia le estrechó la mano a Elin y le dijo que estaría encantada de participar. Los dos equipos de cinco se colocaron en línea en el jardín trasero y alguien, que posiblemente había bebido más de la cuenta, les recordó las reglas a gritos, mientras Alicia saludaba cortésmente a sus compañeros de equipo. Con su lanzamiento, Elin logró derribar el primero de los kubb, y lo celebró con chillidos y saltitos, mientras el otro equipo los abucheaba. El siguiente jugador falló y entonces pasó el turno al otro equipo. El juego progresaba con dolorosa lentitud, pues en cada equipo había al menos un jugador que se tomaba las reglas demasiado en serio. Después de unos cuantos lanzamientos por parte de cada equipo, Alicia se había terminado la cerveza y pensó en volver a la casa a buscar otra. Les dijo a sus compañeros que se iba a ausentar un momento y anotó también lo que les apetecía beber a los demás para así traer todas las bebidas de una sola vez. El camino hacia la casa estaba desierto; seguramente la mayor parte de los invitados se hubiese acercado hasta el mar. Alicia se sintió un poco mareada y tuvo que sujetarse a la barandilla mientras subía las escaleras de la puerta trasera. Hasta que estuvo dentro no cayó en la cuenta de que iba descalza, y trató de recordar por un segundo dónde había dejado los zapatos. Ni siquiera recordaba habérselos quitado. Atravesó el vestíbulo en dirección a la cocina. El frigorífico estaba lleno a rebosar de comida, pero sobre una de las encimeras consiguió localizar un pack de seis cervezas medio tibias. Ya había agarrado el pack de cerveza para llevárselo consigo cuando unos golpes amortiguados la hicieron detenerse en seco. Alicia sintió que algo se tensaba en su interior. Se le endurecieron los pezones como si una mano invisible la estuviese acariciando, y el sonido parecía atraerla como si de un imán se tratase. Sonaba a… sonaba a algo que conocía… ¡sonaba a sexo! Y del bueno. Demasiado curiosa como para poderse contener, se acercó de puntillas al lugar de procedencia del sonido, que había aumentado de volumen y que ahora además incluía gemidos. El ruido venía de detrás de una puerta con una cerradura de las antiguas. Se agachó para depositar las cervezas en el suelo con cuidado, se arrodilló frente a la puerta y miró por el ojo de la cerradura. Entonces tuvo que morderse la lengua para no gritar. Al otro lado de la puerta había un baño espacioso y bien iluminado con la ventana abierta, parcialmente tapada por dos personas. Reconoció a una de ellas al instante y la invadieron a partes iguales el shock y el deseo, hasta el punto de aturdirla. La persona apoyada contra el lavabo no era otra que Alex y, detrás de él, un chico que Alicia recordaba vagamente del almuerzo. No cabía ninguna duda acerca de lo que estaban haciendo. El chico le acariciaba las nalgas y la parte inferior de la espalda a Alex, al tiempo que lo penetraba. Alicia vio que Alex tenía los ojos cerrados y los labios ligeramente entreabiertos, y emitía frecuentes gemidos de puro placer. Los labios de Alicia se habían resecado y se los humedeció con la lengua. Paralizada por lo absurdo de la situación en la que se encontraba y sorprendida por su repentino calentón, se levantó la falda. Por lo que sabía, en la casa no había nadie más y los dos chicos del baño estaban demasiado ocupados como para advertir su presencia. Sigilosamente, retiró el plástico que sujetaba las latas de cerveza y cogió una. Mientras acercaba la lisa y tibia superficie a su sexo sintió en la mano el calor de la lata. Empezó a frotarla hacia atrás y hacia adelante hasta que sus partes íntimas cosquillearon de excitación. Alicia se mordió el labio, empujándose a sí misma contra la lata como si se la estuviera follando. El ácido láctico le hacía arder los muslos a medida que iba aumentando la intensidad de sus movimientos, y se tuvo que sujetar con una mano al marco de la puerta para no perder el equilibrio. Miró por el ojo de la cerradura una vez más y vio que los chicos habían cambiado de postura y se encontraban ahora mirando hacia ella. El otro había colocado un pie sobre la tapa del inodoro y cada vez penetraba a Alex a más velocidad. Este tenía la mano apoyada sobre el cuello del chico y se arqueaba hacia atrás con placer. Alicia tuvo ocasión de apreciar aquellos firmes pectorales, esculpidos a lo largo de los años. Recordó todas las repeticiones que le había visto hacer con las pesas, sudoroso, en su gimnasio, y se puso aún más cachonda. Nunca antes había tenido aquel tipo de pensamientos sobre Alex; nunca se había dado cuenta de lo cachonda que la ponía. Hasta ese momento, en el que finalmente se había liberado su deseo sexual, no se había atrevido a reconocer sus sentimientos hacia él. Daba la impresión de que Alex se lo estaba pasando bien; también Alicia. Una vez completada la sesión de calentamiento, descubrió que el borde de la parte de arriba de la lata resultaba ideal para estimularle el clítoris. Se frotó contra él de atrás hacia delante, de delante hacia atrás, incrementando la intensidad y la velocidad al oír que los chicos del baño estaban también a punto de correrse. Incrementó la velocidad todo lo que pudo para tratar de llegar al clímax antes de que los dos muchachos saliesen del baño, invocando cualquier tipo de imagen excitante que le sirviera de ayuda para correrse. Su cuerpo se tensó, estremeciéndose en un magnífico orgasmo. Después se relajó.

Al oír que los dos chicos del baño se corrían también, se puso en pie y salió a hurtadillas por la puerta trasera.

Algunas horas después, llegado ya el momento de la tradicional danza de Midsommar en el centro de la isla, Alicia todavía no se había recuperado de los impactantes acontecimientos de aquella tarde. Había retomado la partida de kubb como si nada hubiese sucedido, aunque tratando de evitar a Alex y a Sabine. No sabía qué decirles, ya que además de sentirse culpable por haber utilizado el momento más íntimo de su amigo y del otro chico para masturbarse, era conocedora de la infidelidad de Alex. ¿Sabría Sabine que Alex se acostaba con otras personas? ¿Sería Alex el típico soltero incorregible? Alicia ya no sabía qué pensar. Se mantuvo al margen mientras los demás trataban de decidir cómo organizarse para las celebraciones de Midsommar. Al final, se decidió que la mayor parte de los invitados asistirían a las celebraciones programadas en la isla, entre ellas el mayo y los tradicionales bailes. Entonces Sabine anunció que se ella se quedaría a recoger la cocina y Elin dijo que ella le ayudaría a Sabine, e instó a los demás a irse a disfrutar de las celebraciones y darles así tiempo y espacio para preparar la cena. Algunos de los invitados les silbaron e hicieron bromas que Alice no acabó de entender, pero Sabine y Elin ni se inmutaron. A Alicia no le apetecía acompañar a los otros, puesto que no conocía a nadie más que a Alex y en aquellos momentos lo que menos le apetecía era hablar con él. Mientras los demás se preparaban para marcharse, Alicia entró a hurtadillas en la casa para evitar a Alex, se encontró con Elin y le preguntó si se podía quedar con ellas.

—Naturalmente que sí —le respondió Elin con una sincera sonrisa—. ¡Qué bien que te quieras quedar con nosotras!

Alicia sintió un alivio inmediato al no tener que lidiar con Alex. Aunque, al mismo tiempo, no sabía de qué iba a hablar con Sabine. ¿Qué ocurriría si se le escapaba que había visto a Alex tirándose a otro? Alicia no quería causar problemas, y menos en un día como aquel. Además, ella era cómplice, puesto que se había quedado allí a observarlo todo desde el otro lado de la puerta. ¿Cómo le iba a explicar aquello a Sabine? Pero su mente no tuvo tiempo de cavilar demasiado, porque alguien puso música en el salón y Sabine las llamó para que se unieran a ella. Elin y Alicia se acercaron hasta el salón, y a Elin le entró la risa al ver a Sabine danzando con movimientos bohemios y provocativos. Elin se tiró en el sofá y miró a Alicia, dándole palmaditas al asiento vacío que tenía al lado.

—¡Así se baila! —gritó, animando a Sabine e invitando a Alicia a tomar asiento a su lado.

—¿Y qué pasa con la cena…? —preguntó Alicia, tomando asiento de todas maneras.

—Ah, no importa —dijo Elin, encogiéndose de hombros—. Tenemos tiempo de sobras para organizarla luego.

Sabine parecía encontrarse en su propio mundo y siguió bailando al ritmo de una canción que a Alicia le recordó al Festival de Woodstock y a la Full Moon Party de Tailandia. Alicia miró por la ventana y vio el mar allá a lo lejos. Lo cierto es que se estaba empezando a sentir muy cómoda y relajada con estas chicas, a pesar de que este solsticio de verano se había tornado notablemente extraño a las pocas horas de su llegada. Sabine se fue a buscar vino y Elin se repantigó en el sofá.

—¿De quién es la casa? —preguntó Alicia, principalmente pensando en voz alta.

—En teoría, del abuelo de Erik, pero el hombre está ya demasiado mayor para acercarse hasta la isla —explicó Elin—. Llevamos años organizando fiestas aquí, desde que Erik empezó a encargarse de la casa.

Alicia no estaba muy segura de quién era el tal Erik, pero no hizo más preguntas. Su intuición le decía que era uno de los tipos que tanto había dado la lata durante la partida de kubb. Sabine acababa de regresar con tres copas y una botella de vino blanco bien frío que se dispuso a servir.

—Entonces, ¿cuánto hace que conoces a Alex? —le preguntó Sabine.

Alicia sintió un nudo en el estómago al oír el nombre, y se preguntó si las otras chicas serían capaces de advertir lo nerviosa que estaba.

—Desde que estábamos en primaria, en quinto, creo —dijo Alicia, tomando un sorbo de vino para evitar más preguntas.

—¡Hostias, pues sí que hace tiempo! —exclamó Elin—. ¡Nos ganas por goleada!

Sabine asintió con la cabeza.

—Entonces, ¿vosotras desde cuándo le conocéis? —preguntó Alicia, encantada de poder desviar la atención.

—Desde siempre —declaró Elin con dramatismo.

—De nuestros años de juventud en el centro de la ciudad—dijo Sabine—. Nos conocimos en un restaurante y lo nuestro fue amor a primera vista.

Alicia se rio, pensando que se trataba de un chiste interno, pero Sabine apenas acababa de pronunciar estas palabras cuando Elin se giró en dirección a ella y le plantó un beso. Alicia estuvo a punto de atragantarse con el vino.

—¡Perdón! —dijo Alicia, resollando al sentir en la nariz el punzante sabor del vino.

A las otras dos pareció hacerles gracia y Sabine fue a la cocina a buscarle un vaso de agua. Alicia le dio las gracias y tomó un par de sorbos, con la mente dándole vueltas a toda velocidad, tratando de decidir la mejor forma de reaccionar.

—Entonces... ¿vosotras sois...? —comenzó.

—Pareja, o algo por el estilo —confirmó Elin.

—¿Y entonces Alex? —fue la siguiente pregunta de Alicia a Sabine.

—Alex me gusta mucho, pero Elin también. Y Erik, y unos cuantos más que no han podido venir hoy. Pero el hecho de estar con alguien no quiere decir que quiera renunciar a estar con otras personas, y todas mis parejas lo saben, Alex también. Esto nunca podría funcionar si no fuera completamente abierta y sincera.

Sabine terminó la frase levantando la copa de vino y tomando un sorbo mientras miraba fijamente a Alicia para tratar de interpretar su reacción. Con el fin de esquivar todo contacto visual, Alicia bajó la mirada, concentrándose en las uñas de las manos.

—Y… supongo que funciona en ambas direcciones, ¿no? —murmuró Alicia, sintiéndose imbécil de repente.

Elin la miró a Alicia y se echó a reír.

—Ay, pobrecita. ¿Lo has pillado con otra persona? ¡Te has debido de llevar el susto de tu vida! —Elin se retorcía de la risa.

Sabine esbozó una sonrisa.

—Sí, funciona en ambas direcciones —confirmó, con la mirada todavía fijada en Alicia.

—Ah, bueno —dijo Alicia, poniéndose un poco nerviosa.

Recordó cómo Sabine le había tocado el muslo y jugueteado con su pelo a la hora de la comida, y de pronto apreció el enorme atractivo de aquella chica. Alicia no supo si había sido aquel sincero intercambio de información lo que cambió las cosas, pero de pronto sintió que en la estancia se respiraba una tensión sexual tan intensa que casi se podía palpar.

—Mmm —espetó en el preciso instante en que comprendió por qué Elin y Sabine habían insistido en quedarse a solas en la casa aquella tarde—. ¿Teníais pensado…? —continuó—. Quiero decir, ¿interrumpo algo?

Elin soltó una risita traviesa y la tranquilizó:

—Nada de eso. ¿Por qué no te unes a nosotras?

—Siempre que te apetezca, por supuesto —añadió Sabine, que parecía entusiasmada ante la perspectiva.

Alicia no pudo negar que el hecho de encontrarse a solas con dos chicas preciosas que no solo habían quedado para follar, sino que la estaban invitando a unirse a ellas la excitaba. Aunque nunca lo había puesto en práctica, siempre había sabido que era bisexual.

—Es que no sé muy bien lo que hay que hacer… —dijo, maldiciéndose a sí misma por sonar tan patética.

—Nosotras te enseñamos —se ofreció Elin, arrastrándose hasta el suelo, delante de Alicia.

Comenzó por recorrerle los muslos con las manos y separarle las piernas. Sabine se desabrochó los delicados botones del vestido y fue guiando la mano de Alicia hasta su pecho. Alicia se estremeció de placer y se dio cuenta de lo mojada que la estaban poniendo las caricias de Elin, que le bajó las braguitas con delicadeza y la agarró por la parte trasera de las rodillas para atraerla hacia sí.

—Pero ¿qué pasa con Alex? —preguntó Alicia, sospechando que seguramente no tenía importancia alguna.

Sabine soltó una risotada y le dio un beso a Alicia.

—En esta casa está todo permitido —dijo, y en ese preciso instante Alicia notó la lengua de Elin jugando delicadamente con sus labios vaginales.

Era increíble, una sensación de otro planeta. La lengua aterciopelada de Sabine y su dulce fragancia estival la cubrieron con sus apasionados besos. Sabine arrastró su propio torso y el de Alicia hasta el sofá, mientras Elin le lamía el clítoris a esta última. Tras haber experimentado con diferentes velocidades e intensidad, le besó y succionó el clítoris de un modo que llevó a Alicia al límite de la excitación. Le acarició la entrada de la vagina con el pulgar hasta que estuvo lo suficientemente suave y mojada, y entonces la penetró con un par de dedos, masajeándole rítmicamente el punto G. Alicia gimió y acercó aún más el coño al rostro de Elin, buscando más, casi aturdida de placer. Sabine se inclinó hacia adelante y atrapó uno de los pechos de Alicia entre sus dientes, lamiéndolo y chupándolo hasta hacerle cosquillas para luego mordisquearlo con suavidad. Alice dejó escapar un gemido y se agarró a Sabine, encadenándose a su boca. Probaron diferentes posturas y actividades, con Alicia encima, delante, detrás y en el medio, pero sin perder de vista el epicentro de su propio placer. Pusieron en práctica todas las posturas que se les ocurrieron, y Alicia comprendió que con estas dos compañeras estaba dispuesta a probar casi cualquier cosa.

Al cabo de unas horas, cuando los demás regresaron a la casa, las tres muchachas habían logrado calmarse con una ducha y preparado la barbacoa de la cena. Algunos de los invitados, que seguramente habían consumido ya más que suficiente alcohol, se tomaron unos cuantos chupitos más antes de ponerse a cantar a viva voz en el jardín. Los demás les ayudaron a poner la mesa y a prepararlo todo. Cuando la comida estuvo servida, todos se acomodaron y disfrutaron de la deliciosa cena a excepción de Alicia, que se encontraba demasiado absorta en los acontecimientos de ese día. Al día siguiente tendría que regresar a casa con Alex y con Sabine, y no sabía si Sabine esperaría a irse antes de hablar con Alex o si tendrían que soportar dos horas de viaje en incómodo silencio. Mordisqueando las brochetas de pollo, charló con Elin, sin mencionar en ningún momento lo que habían compartido hacía unas horas. No le supuso ningún esfuerzo. La excitación y el deseo se habían extinguido, pero Alicia no se arrepentía de haberse acostado con Elin y ahora el deseo había dejado paso a un sentimiento de amistad. Sin embargo, su curiosidad por Sabine no había desaparecido. No sabía si tendría ocasión de volver a acostarse con ella o si había sido un rollo de una sola noche. Todo le parecía tan confuso, pero a la vez tan simple… Tal como había dicho Sabine, ¿por qué has de renunciar a salir con otras personas por el simple hecho de estar en una relación? Alicia se encontraba sumida en sus pensamientos cuando alguien le posó la mano en el hombro. Al girarse, se encontró directamente con la mirada de Alex. No fue capaz de interpretar la expresión de su cara y el lenguaje corporal cuando le propuso:

—Alicia, ¿te vienes a dar un paseo conmigo?

Alicia asintió sin decir nada, con un sentimiento de culpabilidad germinando en su interior. ¿Se habría enfadado con ella? No podía ser que hubiese tirado por la borda una amistad de tantos años por haber tenido la infeliz idea de acostarse con su primera novia formal… pero sí, lo había estropeado todo. ¿Cómo se podía caer tan bajo? La mente le daba vueltas y más vueltas cuando se levantó de la mesa y siguió a Alex por el camino que llevaba al mar. Pasaron unos instantes antes de que Alex se animase a romper el silencio.

—He hablado con Sabine —explicó.

—Dios, Alex, lo siento muchísimo, estaba tan confundida… —lo interrumpió Alicia.

Alex se detuvo en seco y se quedó mirándola con un gesto de incredulidad.

—¿No estás enfadada? —preguntó.

Alicia estaba todavía más confundida.

—¿Yo? ¿Y por qué iba a enfadarme yo? —se extrañó.

Alex se rascó la cabeza.

—Es que …verás… tendría que haberte dicho que todos los invitados a la fiesta practicamos el poliamor, Sabine y yo incluidos. No me atreví a decírtelo antes porque pensé que la idea te parecería una locura, pero luego me enteré de que me habías visto con Adam y… la verdad, me siento como un completo idiota.

Alicia se sintió aliviada.

—No pasa nada —lo tranquilizó—, aunque tengo que admitir que me cogió por sorpresa.

—Normalmente nos juntamos todos para celebrar el solsticio de verano y si cualquiera de nosotros quiere escaparse un momento para retozar es libre de hacerlo, siempre que no moleste a los demás. Pensé que a lo mejor no te dabas ni cuenta, pero luego Sabine me contó lo que habías hecho con Elin y con ella y... —dijo Alex con una sonrisa maliciosa.

—Sí, yo tampoco me lo esperaba —admitió Alicia—. Pero has logrado salirte con la tuya: estoy oficialmente soltera y me he tirado a alguien.

Hizo la señal de la victoria con la mano, haciendo que Alex rompiese a reír.

—Sí —dijo Alex con una sonrisa insinuante—, aunque pensé que sería yo el afortunado.

A Alicia le dio un vuelco el corazón. Las cosas se estaban saliendo de quicio; por muy demencial que hubiese sido aquella fiesta de solsticio, la locura tenía que tener algún límite.

—¿Quieres decir que te quieres... acostar... conmigo? —añadió tímidamente, albergando un pequeño atisbo de esperanza.

Alex estaba increíblemente sexi bajo la hermosa luz del atardecer, con una camisa ajustada que permitía apreciar los fabulosos pectorales.

—Pues claro —musitó él, acercándose—. Ya te he dicho antes que estás muy buena.

Sin apenas intercambiar palabra, fueron cogidos de la mano hasta el coche que Alex había dejado aparcado en la estrecha pista. En el aire vespertino flotaban los agradables aromas de las barbacoas, del perfume y del salitre del mar, y el sol había teñido el cielo de un glorioso tono melocotón que lo cubría todo con una pátina dorada. Alex había aparcado el coche en una zona sombreada, debajo de un castaño de Indias. Alicia no se paró pensar en lo que estaba a punto de suceder, todo resultaba tan natural… alegre, juvenil y totalmente estimulante. Se preguntó cuántas fantasías sexuales girarían en torno a acostarse con el mejor amigo de uno. Seguramente muchas, y eso era lo que estaban a punto de hacer ellos dos: se lo iba a follar hasta hacerle perder el sentido. ¿Cuántos años llevaba esperando? Apenas habían llegado hasta el coche cuando Alex agarró a Alicia por detrás y, juguetón, la empujó contra el coche, apretando su cuerpo contra la espalda de ella. La sujetó por los brazos y le susurró: —Pensé que no sería mala idea empezar con un cacheo travieso.

Alicia se rio de placer cuando Alex empezó a dibujarle el contorno de los pechos, las nalgas y los muslos con las manos y a separarle las piernas para poder también hurgar en aquella parte de su anatomía. Una mano cálida y suave se deslizó al interior de sus braguitas y Alicia notó cómo se humedecía mientras Alex le acariciaba la entrepierna de atrás hacia adelante, de adelante hacia atrás.

—Quiero que me folles por detrás —dijo Alicia, jadeante, por encima del hombro.

—Vamos al coche —murmuró Alex, abriendo las puertas. Se introdujeron a toda prisa en el asiento trasero, cerrando la puerta tras ellos. Alicia notó con alivio que el interior del coche había muy poca luz. No creyó que a los asistentes a la fiesta les fuese a importar demasiado, pero a los vecinos seguramente no les hiciese demasiada gracia encontrárselos.

Alicia atrajo a Alex hacia sí y notó cómo el frenesí de sus movimientos iba en aumento a medida que la excitación crecía en su interior. La respiración de Alex era rápida y superficial. Empezó a bajarse la cremallera de los pantalones al tiempo que la besaba en el cuello y en el rostro. Alicia se apresuró a desabrocharle la camisa, desesperada por palpar por fin aquellos prominentes pectorales. En el momento en que sus dedos se posaron sobre ellos, supo que siempre había querido saber lo que se sentía al tocarlos. Alex se bajó los pantalones vaqueros, dejando a la vista el soberbio pene erecto que Alice comenzó a acariciar mientras él le iba quitando el vestido. No tardaron en estar preparados, y cuando Alicia se giró con la cara hacia la ventanilla trasera del coche estaba ardiendo de deseo y ansiosa por disfrutar por fin de un encuentro sexual con su amigo Alex. Cuando este la penetró, inundó su cuerpo una intensa sensación de puro placer. Gracias a los sonoros gemidos, Alex tuvo la certeza de que estaba disfrutando plenamente, y era obvio que él también se excitaba aún más al oírla porque siguió aumentando el ritmo, cada vez más rápido e intenso. Alex volvió a entrar en ella una y otra vez, más rápido, más fuerte, mientras ella le suplicaba sin cesar que no se detuviera. La mitad inferior de su cuerpo vibraba como si una red de pequeños hilos ardientes y cosquilleantes le atravesase la pelvis y el interior de la vagina. A juzgar por su polla, dura como una piedra, Alex debía de haber estado esperando este momento tanto como ella, y se corrieron simultáneamente en un coro de jadeos y gemidos de satisfacción.

Al acabar, se quedaron un rato en el asiento trasero, charlando animadamente y riendo juntos, lo que ayudó a Alicia a sentirse cómoda y reconfortada. Estaba deseosa de repetir la experiencia y se preguntó lo que les depararía el futuro. Tenía todo el verano por delante, estaba soltera y no le debía explicaciones a nadie. Quizás este podría convertirse en su nuevo estilo de vida. Esta sensación de libertad le resultaba tan natural que esperaba que esto fuera solo el principio.

—A lo mejor la próxima vez se nos puede unir Sabine —sugirió con atrevimiento.

—¿Sabes qué? Estaba pensando lo mismo —respondió Alex.

La sensación de su presencia

Ante nuestros ojos va desfilando, inadvertido, el bosque. Minúsculos pueblecitos, diminutas ciudades, ovejas de algodón en una pradera solitaria… En ocasiones siento mareos por mirar las cosas de cerca, y entonces fijo la mirada en algún objeto distante con el propósito de descansar la vista, al igual que en el día a día: el centro de nuestra atención debe siempre ser aquello que nos estimula y nos llena de energía en un momento determinado.

De vez en cuando nos sobresalta alguna sacudida, y con «nos» me estoy refiriendo a los escasos pasajeros de este tren que, a bordo de un mismo vagón, nos dirigimos hacia diferentes destinos. El vagón se tambalea, lo que hace que uno de los viajeros alce la vista. Yo estiro ligeramente el cuello, tratando de encontrar una postura más cómoda en aquel asiento que no deja de chirriar y que parece especialmente diseñado para impedir conciliar el sueño; de hecho, no me sorprendería que ese fuese su propósito. Siempre que viajo en tren insisto en mirar por la ventanilla; aunque sé que me provoca rigidez de cuello, soy incapaz de evitarlo.

La llovizna se posa ligera sobre el campo abierto como un lento y lánguido beso, mientras el aguacero espera su turno en las nubes, listas para la inminente descarga de una tromba de agua. Las nubes van adquiriendo un tono oscuro, negro azulado, preparándose para abrir las compuertas del diluvio y descargar toda su furia sobre nuestras cabezas, protegidas por este gran gigante de acero acolchado por dentro. ¡Cómo me gustaría dejarme bañar por esa lluvia, despojarme de la ropa y, acostada, esperar a que los cielos se vaciasen sobre mí! El vagón se tambalea una vez más sobre las oscuras vías y en esta ocasión soy yo quien levanta la mirada.

Es entonces cuando reparo en la presencia de una mujer que viaja de espaldas, mirando hacia mí, al otro lado del pasillo. Va leyendo el periódico, impreso en esa clase de papel que cruje una barbaridad, y bebe el contenido de un vasito de cartón. Observo por unos instantes cómo lo sujeta con los dedos, antes de que mi atención se desvíe hacia el cordel y la etiqueta de la bolsita de té que sobresalen por el borde del vaso. Se encuentra a demasiadas filas de distancia como para poder ver de qué infusión se trata, pero me da la impresión de que tiene los dedos congelados. Los sorbos pequeños y prudentes me hacen pensar que solo ha pedido aquel té para ver si consigue entrar en calor. Una corriente de aire recorre el vagón, pero como viene siendo habitual, llevo más ropa de la necesaria, de modo que el aire frío no me afecta de un modo especial. Me gustaría prestarle mi bufanda, que yace hecha un ovillo y parcialmente olvidada sobre el asiento contiguo, pero me pregunto si no me haría parecer un poco extraña. En mi mente, me la imagino admitiendo con una risa nerviosa que lo cierto es que tenía un poco de frío e invitándome a sentarme a su lado, si es que no me importa viajar del revés. A mí no me importa en absoluto. Imagino que acepto su invitación y que, desde mi nuevo asiento, observo el que acabo de desocupar y en el que se ha quedado mi cuerpo físico. ¿Qué aspecto tiene mi cuerpo? ¿Qué aspecto tengo yo? Caigo en la cuenta de que la estoy observando con excesivo descaro y me apresuro a desviar la mirada hacia la ventanilla, aunque ella parece no haberse percatado de nada. Al adentrarnos en un túnel, un fuerte silbido recorre el vagón. La miro a hurtadillas en la oscuridad sin alcanzar a distinguir otra cosa que un perfil borroso, pero de pronto regresa la luz del día y nuestros ojos se encuentran. Desvío rápidamente la mirada. No sé cómo no se me había ocurrido antes: claro, en la oscuridad del vagón no puede leer el periódico. Tardo unos momentos en armarme del valor suficiente para volver a mirarla y, esta vez, de manera más disimulada y menos evidente, la estudio con más detalle. Aparenta ser de mi edad o algo mayor, y lleva el oscuro cabello en un discreto recogido de trenzas, un poco de señora, que se tuerce hacia un lado al llegar al reposacabezas: un moño de aspecto flexible y acogedor que se le aplasta contra el cuello y la oreja. Intento visualizar mi propio aspecto, con esos cabellos despeinados y eternamente rebeldes. ¿Cómo me veré desde su asiento?

La revisora entra en nuestro vagón y trato de encontrar mi billete. Aunque ya se lo he mostrado con anterioridad, no me cuesta nada ser amable y servicial. No recuerdo ni dónde ni cuándo la mujer se subió al tren; quizás fuese en aquella estación en la que nos detuvimos hace ya tiempo, y lo más probable es que me encontrase demasiado absorta mirando por la ventanilla como para advertir su presencia. La revisora comprueba mi billete y se dispone a repetir el proceso con los demás viajeros, deteniéndose momentáneamente a hablar con la mujer y comentándole algo que la hace reír y responder afirmativamente. Me asaltan las dudas. ¿Se conocerán de algo? Ella sonríe mientras la revisora se desplaza al siguiente vagón. Tiene una sonrisa contagiosa, y rápidamente concentro la mirada en la ventanilla para que no resulte demasiado obvio que la estaba espiando. Transcurren unos minutos que se me hacen eternos. El tren continúa su viaje a través de un valle y el número de ovejas va disminuyendo. Empiezo a contarlas y noto que me estoy quedando dormida, olvidándome por un momento de la mujer y de su periódico. Hacemos un alto en el fondo del valle y, de un rápido vistazo, compruebo que ella todavía se encuentra a bordo del tren. En el vagón no ha habido ningún movimiento. Todo lo que alcanzo a ver es algún que otro sombrero y la parte superior de la cabeza de los demás viajeros, en una amalgama de diferentes colores y estilos de cabello. En el diminuto andén de la estación, una mujer mayor y otra persona, presumiblemente su marido, reciben a un joven de no más de quince años que se está apeando del tren. Por lo que veo, nadie más se sube ni se baja, y el trayecto a través de las montañas se adivina tranquilo. No es la primera vez que recorro este tramo, así que sé por experiencia propia que el tren atraviesa varios túneles antes de detenerse en la próxima estación: cerca de una hora de túneles y vistas privilegiadas, de luz y de oscuridad. El valle que acabamos de atravesar no era más que una pequeña hondonada en el terreno antes de iniciar el ascenso. Ella y yo seguimos en el mismo vagón, respirando el mismo aire. ¿Por qué no se habrá cambiado de asiento en lugar de seguir viajando de espaldas? ¿Sabrá que estoy vigilando todos y cada uno de sus movimientos?

El tren, aquella imponente máquina que secciona en dos el paisaje, emprende de nuevo la marcha, muy lentamente al principio, avanzando remolón y a trompicones, como un animal que se despereza tras una larga hibernación en la guarida. Pero esta vez hay una diferencia: algo vibra en las profundidades de los motores, un delicioso zumbido que surge de la maquinaria y que recuerda al suave ronroneo de un gato. No sé si soy yo la única que lo percibe, porque en realidad se trata de una sensación más que de un ruido propiamente dicho. Siento un hormigueo en los dedos de los pies, se me eriza el vello de todo el cuerpo y un cosquilleo me recorre el muslo, atravesándome el coxis y la columna vertebral hasta desembocar en la cabeza. Esta sensación me transporta a una vez que tenía doce años y andaba en bicicleta por un camino de gravilla junto a la casa de mis padres. Aunque había montado en bicicleta en muchas otras ocasiones, jamás había sentido nada igual. La vibración que producían los guijarros se transmitía a la bicicleta, haciendo que el duro sillín se restregase contra mi entrepierna, por aquel entonces suave y sin desarrollar. Aquel verano pasé largas horas a lomos de la bicicleta, recorriendo una y otra vez el camino de gravilla, tratando de aparentar la mayor indiferencia posible. Aunque al verano siguiente el camino de gravilla ya no me fascinaba de tal modo y la magia se había desvanecido, todavía recuerdo el placer descendiéndome hasta los muslos;

exactamente la misma sensación que me invade ahora que el tren se está poniendo en marcha. Descruzo las piernas por primera vez desde que comenzó el viaje; a estas alturas tendré ya marcas rojas por debajo de la ropa. Con las piernas algo más distendidas, me relajo ligeramente, dejándome deslizar en el asiento.

Puede que el murmullo que percibo al observar las diminutas gotas estrellarse una a una contra el cristal sea solo producto de mi imaginación, un sonido procedente de algún recuerdo lejano. Aunque no es más que una ligera llovizna, las gotas reflejan las tonalidades más fascinantes. Siempre pensé que los colores del agua de la lluvia pertenecían al universo de los seres mágicos como los ángeles y los unicornios, pero en este momento son solo míos y de mis pensamientos. Un tenue rayo de sol atraviesa las minúsculas burbujas de agua, tiñéndolas de amarillo, rosa y azul. El ronroneo, que se ha ido atenuando, me ha ascendido hasta la ingle y me transporta a la última vez que estuve desnuda en compañía de otro ser humano. Sucedió tras una noche de borrachera en un bar y no es algo que merezca pasar a los anales de la historia. A la mañana siguiente, mientras trataba de aliviar la resaca tomándome un café bien cargado en la gasolinera, pensé para mis adentros que nunca más en la vida volvería a hacer algo así. Debería estar prohibido coquetear sin ningún asomo de vergüenza en un bar, poniendo en práctica las frases de ligue más cutres, para acabar yéndose a casa con otra persona cuando ambas partes involucradas han traspasado ya la barrera de la euforia y carecen de capacidad de raciocinio. Este tipo de situaciones deberían darse en entornos más sensuales, con suficiente espacio para encuentros, miradas y contacto físico real: ¡en el tren!

La vuelvo a observar. Está escribiendo algo en el periódico; me pica la curiosidad. A juzgar por la posición de la página, deduzco que se encuentra en la sección de pasatiempos, pero tengo interés por saber si es que se le ha atragantado alguna palabra del crucigrama o si, por el contrario, es de esas personas que prefieren el sudoku. A mí nunca se me han dado bien los crucigramas; me faltan tanto paciencia como vocabulario, pero me fascina ver cómo otros los resuelven, cómo se concentran con los ojos entornados, cómo tratan de combinar letras en todas las direcciones hasta construir la palabra correcta. A mi modo de ver, las personas que hacen crucigramas poseen la clave de algo muy tierno y íntimo: saben disfrutar del lento placer que nace del ahora, del momento presente que experimentan en compañía de y a la vez contra el periódico. El crucigrama del hoy: un anticipo del crucigrama de mañana. La mujer tensa la mirada, con el extremo del lápiz apoyado sobre los labios. ¿Se habrá quedado atascada con la última palabra? Aunque en realidad no tengo forma de saberlo, no me cabe la más mínima duda.

Me la estoy imaginando, cambiándose al asiento de la ventanilla y cediéndome el suyo para acabar el crucigrama con mi ayuda. Su moño suelto descansa ahora sobre mi bufanda, que lleva alrededor de los hombros, y pienso en cuánto me gustaría que una hebra de su cabello se quedase atrapada entre la tela. Mientras compruebo las letras trazadas en los recuadros del crucigrama siento el halo de calor que ha dejado tras de sí su cuerpo en el asiento que acabo de ocupar yo. En la fina página de tono grisáceo hay escritas palabras como ectoparásito, merodeador y hospitalización: términos que no forman parte de mi vocabulario habitual ni, sospecho, del de la inmensa mayoría de la población. Entre las dos logramos completar una de las palabras más largas y, a continuación, otra más breve pero que ella no conocía: recua, el término que define a un grupo de animales de carga. No sé ni cómo me acuerdo; supongo que se me quedaría grabado desde la escuela primaria, que es donde nos enseñaban este tipo de cosas. Esbozando la misma sonrisa con la que obsequió a la revisora del tren, parece encantada de que le esté ayudando con el crucigrama, y ese sentimiento hace eco en mi interior. Esta vez me pide que le ayude con otra palabra de las que le faltan por encontrar. Me pregunto cómo sonará su voz y qué acento tendrá…

Y entonces se produce una brusca sacudida que, por así decirlo, me sorprende con las manos en la masa, observando atentamente aquellos finos dedos que estrujan una vez más el vasito de cartón. A estas alturas debe de encontrarse vacío o, como mínimo, helado. Lleva las uñas pulcramente recortadas, con las yemas de los dedos casi translúcidas, descoloridas por el frío, y viste una falda oscura, una blusa de color azul también oscuro y un par de zapatos que no parecen demasiado sólidos. El descenso de las temperaturas será aún más acusado una vez que empecemos a ascender por las montañas y me pregunto en qué estaría pensando cuando eligió ese atuendo tan ligero. Yo voy ataviada con pantalones, botas y un jersey de punto; aunque es verano y afuera no hace frío, en los trenes y en los aviones las temperaturas son siempre más bajas, con sistemas de ventilación concebidos para climas más cálidos. Decididamente, no me queda otra opción que ofrecerle la bufanda.

Se envuelve la prenda alrededor del cuerpo y, aunque no me quedan ya más prendas que prestarle, le pregunto si aún tiene frío. Me confiesa algo azorada que, con las prisas por llegar al tren, se dejó olvidada la chaqueta en el asiento trasero del taxi. Nos entra a las dos una risa tonta, y dice que cómo es posible ser tan despistada. Yo le quito importancia, asegurándole que podría haberle sucedido a cualquiera. Hablamos animadamente de esto y lo otro, de dónde venimos y adónde nos dirigimos, de las montañas que nos rodean y del inminente aguacero que se va a descargar sobre nuestras cabezas. Comenta que, en cuanto el cielo se abra, se borrarán las modestas gotas de agua del cristal, llevándose consigo la magia de los colores. Absorta en el cálido y arrullador tono de su voz, no tengo la menor idea de lo que me está preguntando ni de mis respuestas. De hecho, ni siquiera estoy segura de si la que habla es ella o soy yo, aunque tampoco tiene demasiada importancia.

El traqueteo del carrito de las golosinas y cafés que la vendedora empuja por el pasillo me devuelve a la realidad. Ella pide una segunda taza de té y una cajita de pastillas de menta, mientras que yo me decanto por un sándwich y un café que coloco sobre la mesita plegable de mi asiento. En cuanto la vendedora y su carrito desaparecen, en el vagón suena una explosión de crujidos, producida por todos los paquetes y envoltorios al abrirse. La superficie de aquel café, de aspecto mate y turbio y una extraña tonalidad más propia de un producto químico o de gasolina en un charco, es el extremo opuesto a las claras gotas de lluvia que resbalan por la ventanilla. Tiene un sabor amargo y punzante, como si hiciese mucho tiempo que nadie limpia el termo o la cafetera, tan fuerte que me hace cosquillas en la nariz.

A pesar de todo, apuro la bebida de una vez, sin abrir los pequeños cartones de leche en forma de triángulo. El café me saca momentáneamente de mi estado de letargo y aprovecho para examinar con calma las nubes bajas. Me gustaría reconfortar a la mujer, decirle que ya falta muy poco, pero no puede verme porque tiene la mirada puesta en ese crucigrama que podríamos haber completado entre las dos.

Una vez resuelto el crucigrama, hojeamos el periódico y leemos juntas algunos de los artículos más extensos y otras noticias más breves sobre las que luego conversamos en voz baja. Hago un comentario jocoso acerca de una opinión sobre un nuevo restaurante y ella rompe a reír y me coloca la mano sobre la rodilla; una mano pequeña y calada de frío hasta los huesos, aunque inesperadamente cálida en la superficie gracias al efecto calefactor de aquella taza de té. La delgadez de los dedos es aún más acusada de lo que pensaba, y las manos me recuerdan a pequeñas arañas de color claro. Con una sujeta el vaso de cartón; la otra, fría como un cubito de hielo, sigue posada sobre mi rodilla. Me quedo esperando a que la retire, pero no lo hace.

Comienza el primer episodio de oscuridad. El tren ha iniciado el ascenso y nos adentramos en el primero de una serie de túneles. La suave y densa alfombra de oscuridad que nos envuelve me recuerda a las amplias colgaduras de terciopelo de un viejo teatro, con la diferencia de que las cortinas del teatro suelen ser de color rojo, mientras que el terciopelo que ahora nos rodea es de un tono verde oscuro, o quizás azul, como la blusa que cubre el torso de la mujer. No tiene sentido, debe de ser producto de la imaginación, pero en el interior del túnel me parece distinguir un par de piernas sin medias que resplandecen. Las señales luminosas que indican la salida de emergencia pasan como un rayo por la ventanilla, proyectando una luz sobre la silueta de su rostro que me permite ver los labios entreabiertos y el cuello flexionado. Súbitamente se me antoja espléndida y fastuosa. Con esa forma de vestir, ese peinado y un maquillaje intencionadamente natural, encajaría a la perfección en otra década, en otra era o en un entorno completamente diferente. Podría ser la dependienta de una de esas elegantes boutiques francesas que venden bufandas de seda y perfumes. Siento curiosidad por saber lo que pasa por su mente en la oscuridad, cuando no puede leer. Me pregunto si pensará en su destino o en el lugar por donde acabamos de pasar.

Allí, entre las tinieblas, vamos sentadas una al lado de la otra sin articular palabra. Dentro del túnel, el tren succiona el aire de detrás produciendo un ruidoso remolino de viento que suena como un rugido en el exterior de la ventanilla. Pero nosotras seguimos en silencio, su mano sobre mi regazo. Trago saliva. Si me concentro lo suficiente, de camino a la salida del túnel soy capaz de oír el tintineo de mis pendientes por encima del sonido del remolino de viento. El vagón se inclina hacia un lado y, por una milésima de segundo, las yemas de sus dedos se aferran a mi piel, sin demasiada intensidad, pero sí la suficiente como para que yo lo perciba. Un escalofrío me recorre el cuerpo y vuelvo a experimentar las vibraciones de la maquinaria del tren. La gravilla, las pequeñas placas de piedra sobre las que se ha construido la vía y que estamos atravesando a toda velocidad en estos momentos… todo se estremece conmigo. Siento la piedra, las montañas, el mundo entero, a través del sucio y oscuro metal.

Me llegan hasta la piel, de la misma manera que la piel de ella corta la oscuridad, traspasando la tela de mis pantalones.

Se hace la luz en el vagón, tan intensa que casi hace daño. Cegada temporalmente por un par de segundos, aprovecho para pensar sobre todo lo que sé sobre la luz al final del túnel. Varios pasajeros se sientan muy rígidos como si, al igual que yo, los hubiese afectado o despertado el rápido cambio de escenario. Ya hemos ascendido una distancia considerable, pero aún falta un tiempo para que comience el descenso. Desde mi asiento se divisa un lago tan calmado y reflectante que parece que un trozo de cielo se haya desprendido y aterrizado sobre el suelo. Al seguir ascendiendo, nos adentraremos de lleno en la nube de lluvia, integrándonos por completo en la humedad y en las tinieblas. Pienso en cuántas ovejas habrá allá abajo, en si la lluvia les estará cayendo por encima en este preciso instante y en lo mucho que pesa la lana cuando llueve. Me encantaría trabajar en una granja en algún momento de mi vida, solo para poder exprimir el agua de lluvia de la grasienta lana de las ovejas y empaparme de ese aroma, combinado con la fragancia de un paisaje envuelto en humedad; el aroma de un chaparrón, de praderas y de tierra que ha sido despertada de su sueño. Pero por el momento no parece que se haya descargado ningún aguacero sobre el valle. Regresa la oscuridad y esta es la última oportunidad que tengo de ver el valle. Esta segunda vez estamos mejor preparadas para la oscuridad. Dentro del túnel, en los primeros doscientos metros, hay luces encendidas, seguramente de alguna obra. Bajo la tenue iluminación reúno el valor suficiente como para volver a observar a la mujer. Aquella luz debe de bastarle para leer y sin embargo no lo hace, sino que permanece allí sentada, sonriendo por algo que no alcanzo a descifrar. Escudriño su rostro para tratar de averiguar qué es lo que piensa. ¿Me habrá visto?

¿Se habrá visto también a sí misma, completamente desnuda, dentro de mi mente?

He empezado a tratar de sonsacarle una sonrisa y disfruto cada vez que logro mi cometido. Me tiene completamente embrujada bajo su hechizo, cada vez más poderoso, y me pregunto si soy yo la única que lo nota o si ella es plenamente consciente de lo que está haciendo. La luz queda atrás y nos envuelve de nuevo la oscuridad. Ya no veo su sonrisa, pero puedo sentirla sobre la mejilla. Su cálido aliento logra abrirse camino a través del aire helado, cubriéndome el rostro con determinación y expandiéndose como un campo eléctrico. Se inclina hacia delante y, entre las tinieblas, puedo sentir cómo se aproxima y posa los labios sobre mi mandíbula, dejando una leve impronta. Me quedo completamente inmóvil, sin atreverme a mover ni un dedo, mientras ella va trazando con sus tenues besos una pequeña línea hasta mi oreja. La sorprendente dulzura y los movimientos calculadamente lánguidos, metódicamente controlados, en la oscuridad, demuestran tener un efecto hipnótico sobre mí, pero no puedo hacer otra cosa que esperar pacientemente. Me succiona el lóbulo de la oreja, explorando con la lengua cada rincón mientras me susurra al oído algo ininteligible. Fuera del tren, en el túnel, se oye un remolino sibilante, aunque es muy posible que aquel túnel solo exista dentro de mi mente. Con cada leve mordisco en el lóbulo, algo en mi interior se dilata y se contrae, y dentro de mi pecho una voz me está pidiendo más a gritos. Ella se inclina y se retuerce hasta encontrar otra posición en el asiento, más alejada de mí, y solo entonces soy consciente del calor que cubre como una manta nuestros asientos. En el tren hace frío y hay corriente, pero nosotras hemos logrado generar lo que parece una pequeña burbuja de humedad que oscila pulsante sobre nuestras cabezas como las nubes sobre el sistema montañoso y que amenaza, como los cielos, con estallar. Encuentro su mirada en la oscuridad; el blanco de los ojos y el iris de color oscuro en el centro. Aunque no alcanzo a verle la pupila, sé que tiene la mirada fija en mí.

Sin haberme parado a pensar, me levanto de mi asiento y camino en dirección a ella. Paso por delante de sus ojos en medio de la oscuridad y continúo, como en trance, hacia los aseos, que se encuentran al fondo del vagón. Justo al cerrar la puerta tras de mí, se oye el sibilante rugido del viento, que expulsa al tren fuera del túnel, y se vuelve a hacer la luz del día. A oscuras en el nauseabundo aseo, con la frente apoyada sobre la desvencijada puerta, ni me molesto en encender la luz. El palpitar del tren ha penetrado en mí y ya no alcanzo a distinguir los latidos de mi propio corazón. En el lóbulo de la oreja todavía siento el hormigueo que han provocado sus mordiscos, esos mordiscos que todavía no he podido disfrutar en la vida real. Pienso en ella, y también en la persona que conocí en aquel bar el pasado invierno, y recuerdo lo que se siente al ser acariciada. Con la frente firmemente apoyada contra la puerta, cierro los ojos, me desabrocho los vaqueros y bajo la cremallera. Voy notando la calidez de los dedos al introducirlos uno a uno en mis braguitas, y antes de poder detenerme, dejo escapar un gemido. Con un poco de suerte, los demás pasajeros no han podido oír mis suspiros de placer. Cuando me masturbo en el baño de la oficina, montando películas en mi mente con algún viejo ligue o recordando alguna historia que he leído, tengo por costumbre dejar que los dedos jugueteen rutinariamente durante un rato, pero esta vez estoy más mojada de lo habitual y el precoz orgasmo me coge por sorpresa. La sensación es tan abrumadora que me empuja a presionar el dedo pulgar sobre el clítoris con mayor intensidad que otras veces, hasta el punto de que el pulgar se acaba resintiendo y tengo que recurrir a frotar la entrepierna contra los nudillos; uno tras otro, como un collar de cuentas, los nudillos se van deslizando sobre el clítoris. Al alcanzar el segundo orgasmo, tengo que agarrarme al marco de la puerta para no perder el equilibrio. Empapada en sudor, permanezco inmóvil, pegada a la puerta. ¿Cuánto tiempo habré estado aquí? Me lavo las manos y regreso con calma a mi asiento; vuelve a estar oscuro, exactamente igual que cuando me marché. Al principio no me atrevo a mirarla por miedo a que pueda leerme por dentro, pero a medida que pasa el tiempo, la oscuridad me relaja y acabo levantando la vista. Mis ojos buscan su rostro en la oscuridad y veo su contorno, la veo a ella y deseo que ella pueda también verme por dentro.

Vuelve la luz y entonces nuestras miradas se cruzan. Una vez más, el tren ha salido del túnel a tal velocidad que a nadie le ha dado tiempo a reaccionar. Los pasajeros del vagón se han visto sorprendidos por la claridad, que deja a la luz lo que estaban haciendo en las tinieblas; en mi caso, mirar fijamente a la mujer. Ella me responde con una mirada directa, pero sin ningún indicio de animosidad. Me resulta difícil interpretar lo que está tratando de decirme y doy gracias al cielo por tener una piel que no delate lo ruborizada que estoy. Sigo convencida de que ella puede verme por dentro, leerme el pensamiento, sentir mis latidos por debajo de aquel jersey de punto en el que se ha ido elevando la temperatura. Pienso en las ovejas del valle, sorprendidas por la lluvia y cargando con el peso adicional de la lana mojada. Este jersey me hace sudar a chorros y estoy segura de que las patentes manchas de sudor me delatan. Me siento como una oveja atrapada en las garras del lobo.

El destello de sus ojos, aquella chispa traviesa en un rostro, por lo demás, amable, hace que me estremezca de placer y que se me reseque la garganta ante las expectativas. A punto de adentrarnos en un nuevo túnel, ninguna de las dos hace amago de romper el contacto visual. Uno de los pasajeros, que estaba tratando de leer, resopla enfurecido; a mí, en cambio, me invade una sensación de alivio. En este túnel no hay luces de ningún tipo, tan solo el traqueteo de los raíles envuelto en una densa y compacta oscuridad. Una vez más, mi cuerpo se estremece con las vibraciones.

En esta tercera fase de tinieblas siento escalofríos. Ella me coloca la palma de la mano sobre el rostro. Sigue estando fría, aunque no tanto como había imaginado; es posible que, en nuestro espacio compartido, en ese campo energético que existe entre los dos asientos, haya logrado entrar en calor. La fina mano se amolda al contorno del lado izquierdo de mi rostro: alrededor del pómulo, bajo la barbilla, en la cuenca del ojo y debajo de la ceja, de un modo que no resulta ni suave ni violento. Se inclina para acariciarme el labio inferior con el pulgar, muy suavemente al principio para ir luego incrementando la intensidad, como si me estuviese pintando con una barra de labios. Ahora me acaricia el labio superior y me introduce el pulgar dentro de la boca de manera tan inesperada que reacciono propinándole un mordisco. Ahoga un grito, pero se aproxima todavía más, hasta colocar su rostro a muy escasos centímetros del mío. Le chupo el pulgar y lo muerdo de nuevo, con más suavidad esta vez, a lo que responde retirándolo con brusquedad de la boca y sustituyéndolo por la lengua. Arde en ella una hoguera que resultaba impensable desde el exterior, un fervoroso entusiasmo que contrasta con el resto de su comportamiento. Busca mis labios con los suyos y me besa profundamente. Por regla general, soy una persona proactiva y con recursos en este tipo de situación, pero ella me lleva la delantera en todo momento, y antes de que a mí me dé tiempo a reaccionar ya ha planeado el siguiente paso, de modo que siempre voy rezagada. Me agarra por el jersey de punto y me lo quita por la cabeza sin engancharlo en los pendientes para, a continuación, recolocarme la camiseta de tirantes que llevo debajo del jersey. Voy sin sujetador, y la sencilla camiseta ofrece tan poca protección que un rápido movimiento le basta para dejar al descubierto mi seno derecho, que acaricia tiernamente, sin olvidarse del pezón, que se endurece al instante. Aparto el reposabrazos para eliminar la barrera física entre los dos cuerpos, y puedo por fin atraerla hacia mí, colocando su muslo descubierto entre mis piernas tapadas por los pantalones y uno de los míos entre las piernas de ella. La mera fricción es suficiente para volverme loca de deseo y la acerco todavía más a mí. La bufanda que le he prestado se le resbala de los hombros y cae al suelo. Cuando está a punto de doblarse para recogerla la detengo y, sin mediar palabra, comenzamos a frotarnos la una contra la otra. A pesar de que nos separan dos capas de tejido, puedo sentir la piel de sus muslos en mis partes íntimas. Entonces me araña el pecho, respirando con intensidad y profundamente concentrada. Se inclina ligeramente hacia abajo para que nadie pueda ver su cabeza sobresaliendo por encima del reposacabezas y yo la sujeto por la parte posterior del cuello, empapada por el agotador esfuerzo. Entonces se incorpora, se baja las braguitas, guía mi puño hasta su sexo y se restriega aún más enérgicamente contra mi mano. Al atraparle el clítoris entre dos de los nudillos, emite un gemido tan intenso que me preocupa que alguien nos haya podido oír y avisar a la revisora del tren, pero nadie en el vagón hace amago de moverse y el rugido del tren en el túnel enmascara todos los demás ruidos. Se encuentra tan enfrascada en proporcionarnos placer a las dos que no quisiera interrumpirla por nada del mundo. No deja de revolverse y su cuerpo se separa unos cinco centímetros del mío. Consigo encontrar un punto más cerca de su rodilla sobre el que poder apoyarme. A pesar del silencio, noto que está a un paso de alcanzar el clímax. Recorro de un rápido vistazo el vagón sumido en las tinieblas y una señal de emergencia de color verde pasa ante mis ojos a tal velocidad que mi cerebro apenas tiene tiempo de procesarla. Por toda la estructura del tren se advierte un estruendo palpitante, un rugido, una sola fuerza incendiaria que vibra desde las montañas. El ruido es infernal, pero ya no estoy segura de si procede de mí o de la montaña, ya que la montaña está dentro de mí, y yo dentro de la mujer. Cuando por fin se corre, coloco una mano sobre la parte posterior de su cuello y le doy un beso con lengua tan profundo que hace que todo se detenga a nuestro alrededor. Por un segundo, no existe nadie más, solo nosotras dos en nuestra burbuja de blancura y de silencio. Tengo el puño dentro de su coño hasta la mitad. Ella deja de respirar por un instante mientras su lengua serpentea con la mía. Nos late el corazón como el de una liebre en una jornada de cacería. Regresamos a la calma, me suelta la mano y se acomoda de nuevo en su asiento, respirando con dificultad. Lentamente, se abotona la blusa y se vuelve a poner las braguitas; se seca la frente húmeda y se retoca el peinado, antes tan pulcro, colocando unos mechones de pelo suelto detrás de la oreja. Mientras tanto, yo la observo, tratando de asimilar la situación y sin sentir todavía la necesidad de cubrir mi seno desnudo. Tengo la impresión de que ya no estoy realmente allí, que ya no formo parte de esto; soy solo una testigo, una espectadora.

El corazón me late aún con fuerza cuando cierro los ojos. Las sienes me palpitan, y también las yemas de los dedos y la entrepierna, pero he perdido todo contacto orgánico con el tren, que es ahora un simple medio de transporte, una estructura metálica: la magia y la emoción se han esfumado. El jersey de punto parece haberse adherido a mis omóplatos bañados en sudor y a las fundas de los asientos, de cuero sintético. Si me lo quitase ahora, la mujer descubriría que he estado fantaseando sobre ella o lo intuiría por el olfato; por algún motivo, sigo completamente convencida de que posee esa facultad. Lo único que puedo hacer, mientras seguimos en el túnel, es cerrar los ojos y acurrucarme en mi asiento. Mi forma de respirar no me ayuda a sentirme más ligera, sino todo lo contrario; parece que en vez de inhalar esté bombeando aire. Jamás me había sentido tan pesada, cada vez más pesada, en el asiento; muy pesada…

Creo que estoy dormida, en ese estado medio consciente y medio inconsciente en el que sabes que duermes, pero no eres capaz de decírselo a nadie, como si te encontraras atrapada dentro de un sueño. Sigue reinando la oscuridad y ya no oigo el ruido del tren, solo el viento que susurra en lo alto de las cumbres alpinas, pero hay algo que no acaba de encajar: deberíamos estar descendiendo; la próxima estación, que no puede estar ya muy lejos, se encuentra en un valle, a una menor altitud. Además del viento, oigo pisadas lejanas, muy lejanas, como miles de pies corriendo en una misma dirección. Noto un círculo frío en uno de los lados de la frente. La intensidad de las pisadas se incrementa.

—Gracias por la bufanda —susurra una voz desconocida.

Trato de responderle, pero antes de conseguir articular palabra caigo en los brazos de Morfeo.

Noto que alguien me da golpecitos en el hombro. Tengo la sien del lado izquierdo fría como el hielo y descubro sobresaltada que el círculo helado de la frente se debe a haberme dormido con la cabeza apoyada en la ventanilla. Ante mí se encuentra la revisora del tren; me explica que pasaba por el pasillo y le pareció buena idea despertarme para que no me pasara de estación. Me pregunta si me voy a apear allí. Miro al exterior a través de la ventana empañada y alcanzo a distinguir un andén borroso, como si la lluvia hubiese difuminado los contornos. Las nubes se han dispersado y, finalmente, se han abierto las compuertas del cielo. El fuerte chaparrón repiquetea sobre el suelo como si los piececitos de miles de vivarachas hadas danzasen sobre el techo de hojalata del tren. Miro hacia donde se sentaba la mujer, pero no hay más que un asiento vacío. No queda el menor rastro de su vaso de cartón ni de su equipaje. Resulta imposible distinguir su figura ahí fuera bajo la lluvia; se ha disuelto, como todo lo demás, en la gris y densa humedad. Le doy las gracias a la revisora por haberme despertado, pero le aclaro que esta no es mi parada. Asiente y me deja en paz. Dos nuevos pasajeros han pasado a ocupar la fila donde antes iba sentada la mujer. Conversan animadamente y se oye el crujir de la bolsa de patatas fritas que comparten. El tren retoma la marcha y yo me preparo para apearme en la siguiente estación. Al reunir mis pertenencias, reparo súbitamente en la bufanda sobre el asiento de al lado. No recuerdo haberla doblado. No soy una persona en especial cuidadosa y, normalmente, la introduzco a empujones dentro del bolso o la tiro a mi lado de cualquier manera, pero ahora se encuentra perfectamente doblada, con un borde abierto hacia la propietaria o, lo que es lo mismo, yo. Es como si me estuviese dando la bienvenida y estoy convencida de que es precisamente, así como doblan las bufandas en las boutiques francesas elegantes, esas en las que se pueden comprar también frascos de perfume.

Cita de San Valentín

La camisa azul oscuro se ajustaba al pecho de Stefan y lo hacía
ver definitivamente más musculoso de lo normal. El vibrante
color acentuaba su cabello rubio como el trigo y sus ojos azules,
haciendo que destacara por completo. Moa luchaba por
concentrarse en la conversación. ¿Qué acababa de decir? ¿Acaso
le había hecho una pregunta? Sintió que se sonrojaba, sus
mejillas se tiñeron de rosado mientras respondía de forma
evasiva:

—Pues, no estoy segura.

Stefan suspiró profundo. La camisa se tensó aún más. Y Moa
se preguntó qué tan musculoso realmente era. Probablemente,
mucho. No es apropiado pensar en un profesor de esa manera,
ella lo sabía, pero Stefan hacía imposible controlar su
imaginación.

—Moa, Moa —susurró Stefan—. Tienes un talento, un don
inigualable. No lo desperdicies. Tú puedes hacerlo mejor.

Agitaba una hoja con el trabajo que acababa de escribir Moa; uno que le había enviado luego de una noche de chicas y vino. Estaba muy mal escrito, y obviamente Stefan la conocía bien. Después de año y medio de altas calificaciones y de observar su impecable rendimiento académico, estaba claro que ya no se estaba esforzando. Al mismo tiempo, su motivación había comenzado a agotarse, cosa que nunca creyó posible. De todos modo, ¿qué sentido tenía? Sin importar lo que sucediera, tendría que encontrar otro trabajo, uno adecuado, aparte de escribir. Con veinticinco años y sin perspectivas concretas, se vio obligada a tomar uno de los cursos de escritura más prestigiosos del país y ya no estaba entusiasmada. Ella medita cuidadosamente sus palabras antes de pronunciar cada una con cuidado:

—Es solo que... ya no creo que esto sea lo mio. Quizá ya lo dejé atrás. Quiero decir, muchos de los otros estudiantes son tan buenos.

Stefan se levantó con tal fuerza que la silla cayó hacia atrás. Parecía un actor en escena. «Un actor bastante guapo» pensó Moa para sus adentros.

—No digas eso. ¡Nunca digas eso! —gritó Stefan.

Parecía que una nueva chispa se hubiera encendido en sus ojos. Se giró y levantó la silla del piso, mucho con más tranquilidad. Suspiró de nuevo y se acercó a su biblioteca. Sin siquiera mirarla, le dijo:

—Te daré una segunda oportunidad. Tienes el resto de la semana para transformar esto en algo que demuestre tu talento. Y lo quiero de vuelta para el domingo a las tres de la tarde, a más tardar. Por hoy hemos terminado.

Moa se puso de pie, sin saber si debía decir algo más, pero decidió que era mejor marcharse rápidamente mientras tenía la oportunidad. «Oh, esa espalda fuerte y musculosa» pensó. «Lo que daría por poder arañarla»

—Vaya, por favor cambia de lugar conmigo—susurró Cilla cuando Moa le contó sobre su reunión con Stefan.

Cilla estaba idiotizada por Stefan desde que comenzó el curso, hace más de un año, y tenía mareada a Moa de tanto hablar de él. Al principio, Moa veía a Stefan como un escritor triste y fracasado que había terminado como profesor en un instituto de formación profesional. De joven, había formado parte de una élite cultural y se había casado con un artista exitosa, pero ya se había divorciado. Probablemente también tenía problemas de alcohol. Pero la palabrería de Cilla había logrado que Moa cambiara lentamente de opinión, y se había dado cuenta de que no sólo era un maestro carismático, sino un genio literario. Aunque nunca lo admitiera, ella también había empezado a fantasear con una cita secreta con su profesor de literatura favorito.

—Adelante, todo tuyo. —Bromeó Moa, aunque se sintió extrañamente celosa al decirlo.

—¿Qué quieres decir, te vas a retirar? —preguntó Cilla, tomando un gran trago del café que acababa de preparar en su habitación compartida.

Afuera estaba nevando, como si el invierno quería alargar la función, porque finalmente había llegado febrero y la oscuridad exterior parecía casi sólida. Moa ansiaba que llegara la primavera. Quizás todo sería más fácil cuando regresara la luz.

—No lo sé —respondió Moa—. Ya no sé nada.

Ese jueves por la mañana, Moa tomó un pequeño atajo de vuelta a su habitación. Era el día de San Valentín y algunos estudiantes del año anterior a Moa habían decorado las áreas comunes con corazones de papel rojo. En cada buzón del vestíbulo había una pequeña nota en forma de corazón con el mensaje: «¡Eres hermosa!» Moa sonrió y se preguntó cuántas horas les habría tomado hacer notas para cada estudiante de la universidad. El contenido de su buzón consistía en cartas de CSN, de su compañía de seguros, de una amiga que viajaba por Laos por el invierno y un pequeño sobre sellado. No había firma, ni dirección, ni sello. Moa lo abrió, y leyó el texto impreso:

"Virginia Woolf, Harper Lee y Mary Shelley también dudaban de si mismas y de su obra.

Y todas se convirtieron en autoras increíbles.

Lo mismo te ocurrirá a ti.

Tu Stefan"

Moa sintió una ola de calor que se extendía por su cara. Situó la carta de última en el montón y se apresuró a su habitación. Su mente trabajaba a mil por hora. ¿Qué quería decir eso? Seguramente no era más que un gesto amable de un mentor hacia su alumno. ¿Y entonces por qué había firmado «tuStefan»? ¿Estaba siquiera segura de que era para ella? La habían metido en su casillero, pero no estaba dirigida a nadie en particular, así que pudo haberla insertado en el buzón equivocado. Y, sin embargo.... el pulso de Moa se aceleró al fantasear con la razón por la que él podría haberle escrito.

¿Era sólo su imaginación, o había realmente algo entre ellos? ¿Tal vez deseo? Moa se detuvo frente a la puerta de su habitación, había una cita atada a la manija con una rosa colgando. En la cinta también había una pequeña tarjeta con su nombre. Ella tomó la rosa y leyó la tarjeta escrita a mano.

"Olvidé decir que me gustas. Y mucho".

El pulso de Moa se aceleró. ¿Qué estaba sucediendo? Con la rosa y las cartas en la mano, entró rápidamente a su habitación, cerró la puerta y desabrochó sus jeans. Se acostó en la cama y acercó la rosa a sus labios. Percibió un olor ligeramente dulce y los pétalos se sintieron como de terciopelo cuando los deslizó por su boca. Un hormigueo comenzó a extenderse a través de su rostro, desde sus labios. Deslizó una mano dentro de sus ropa interior y acarició su clítoris con suavidad. Al principio, con roces ligeros como de pluma y luego añadió más y más presión. Más rápido y con más fuerza. Todo su cuerpo palpitaba, pero sobre todo sus partes bajas. Moa podía sentir su pulso contra la punta de sus dedos.

Empezó a comprimir y relajar su pelvis, alternativamente, logrando que el ritmo se volviera más estable. Pensó en Stefan y en sus ojos azules, su cuerpo fuerte y masculino, juvenilmente atlético y autoritariamente maduro al mismo tiempo. Por la forma en que la miraba, seguramente la deseaba..... Moa imaginó que las manos de él acariciaban sus senos, su estómago, su rostro. Que el ritmo lo inducía él, no ella. Al llegar al clítoris, presionó con su mano una y otra vez, hasta que se sintió invadida por una fuerte sensación que hizo temblar todo su cuerpo. Después se quedó allí tendida e inmóvil durante un buen rato, hasta que volvió a recordar la carta y la rosa.

Esa noche, Moa había decidido dejar las dudas de lado y enfrentar a Stefan. Llevaba un vestido negro y corto, y se maquilló los ojos estilo ahumado. Sexy pero elegante. Había una fiesta en uno de los salones, y Moa planeaba usarla como excusa.

Pasaría por la oficina de Stefan, y mencionaría de manera casual que planeaba ir a la fiesta. Luego lo confrontaría. Lo que pasara después, tendría que improvisarlo sobre la marcha. Pero con el plan que había ideado, podría salir de cualquier situación por muy embarazosa o incómoda que se volviera. Justo después de las ocho de la noche, se dirigió al departamento de docencia.

Todos los tutores tenían oficinas equipadas para pasar la noche en días de semana, pero la mayoría de ellos optaban por irse a casa los fines de semana. Como era jueves, Moa esperaba que Stefan estuviera sólo en su oficina, planificando las clases del viernes. Inhaló profundamente un par de veces y llamó a la puerta. Stefan abrió y llevaba la misma camisa de la última vez que hablaron, la azul oscuro. Moa recordó de pronto que el tono adecuado era cobalto, pero olvidó por completo lo que había planeado decir. Una leve sonrisa se extendió por la cara de Stefan mientras las mejillas de Moa se sonrojaban cada vez más. Finalmente, rió y dijo:

—¿Quieres pasar? —Y dejó la puerta abierta mientras le daba la espalda y se adentraba a su oficina.

Moa se paralizó y vaciló por un momento antes de seguirlo. Se aseguró de cerrar la puerta con llave. La oficina estaba tenuemente iluminada por una lámpara junto al sofá y un par de velas sobre la mesa.

—¿Quieres un poco de vino? —preguntó y tomó una copa llena del escritorio.

Como ella no respondió, él continuó:

—¿No vas a la fiesta? Escuché los preparativos en el salón. ¿O querías decirme algo?

Stefan inclinó la cabeza un poco a la derecha y le sonrió. Moa respiró profundamente y contestó:

—Recibí tu mensaje.

Stefan asintió y bebió un poco de vino.

—Qué bueno —dijo, con su sonrisa intacta, y volvió a dejar la copa sobre el escritorio.

Moa se dio cuenta de que la atmósfera había cambiado desde que entró a la oficina. Su mirada había cambiado. Era seductora y tentadora. Como poniéndola a prueba. Decidió morder el anzuelo. Sin perder el impulso, caminó rápidamente hacia él, lo tomó por la camisa y lo besó. Stefan se sobresaltó, pero luego se relajó y correspondió al beso con una lengua fuerte y decidida. El beso duró unos segundos, hasta que Stefan comenzó a reírse. Moa sintió se sintió invadida por una ola de terror. ¿Todo era parte de una broma desagradable?

—Eso fue inesperado —dijo él, tratando establecer contacto visual.

Moa hizo lo imposible por evitar su mirada.

—Pensé que… —ella empezó, pero su voz se quebró.

—No, no, esto no es tu culpa. Supongo que mi nota fue un poco ambigua —dijo y sonrió con amabilidad. Moa pasó saliva y lo miró a los ojos, con un aire desafiante.

—¿Y qué hay de la rosa... eso también fue ambiguo? —dijo ella con amargura y vio que la expresión de Stefan cambiaba. Estaba confundido.

—¿La rosa? —preguntó con timidez.

—Oh, Dios mío —dijo Moa y cerró los ojos, humillada—, soy tan estúpida.

La tarjeta de la rosa no tenía firma y estaba escrita a mano, no como la carta impresa de Stefan. Stefan pareció entenderlo al mismo tiempo que ella.

—Parece que tienes más de un admirador —dijo levantando una ceja.

Moa se cubrió el rostro con las manos y pensó en huir. Pero permaneció inmóvil.

—Mierda, lo siento mucho. Me siento como una tonta —murmuró.

—Yo no te envié la rosa —respondió Stefan—, pero...

Inclinó su rostro hacia arriba con un dedo bajo el mentón y la miró a los ojos. Entonces la volvió a besar. Moa se desorientó y perdió el equilibrio por un instante al dejarse llevar por el aura de sensualismo que emanaba de Stefan. El giro inesperado y el camino que tomó la conversación la desconcertaron. Todo pasó tan rápido.

—¿Pero,qué? —jadeó ella cuando Stefan separó los labios de los suyos.

—Pero sí te deseo —dijo y tiró de ella.

Moa no sabía qué hacer, pero aparentemente no había necesidad de hacer nada. Porque Stefan volvió a besarla, posó una mano sobre sus nalgas y aplicó una suave presión. Cuando Moa se apretó contra él, sintió su erección y se sintió desfallecer. Stefan tomó su mano, la guió hasta su pene, y ella lo empezó a acariciar sobre los pantalones. Deslizó una mano entre sus nalgas y el pulgar se abrió paso hacia su ano. Por unos minutos sintió un poco de estrechez, pero a medida que su cuerpo se relajaba y él comenzaba a mover su pulgar hacia adentro y hacia afuera, Moa sintió un placer que nunca había experimentado.

Ella embistió contra su pulgar, y le dejó aumentar el ritmo. Otro de sus dedos se dirigió a su vagina, moviendo su mano hacia adelante y hacia atrás en sus ambos orificios húmedos Moa se aferró a su cuello, jadeando con lujuria.

Se movieron hasta el escritorio, Stefan retiró la mano, la sentó en el escritorio, le arrancó la ropa interior y se desabrochó los pantalones. Separó sus piernas y la atrajo hacia él, obligándola a apoyarse sobre los codos. Cuando la penetró, se sintió incluso mejor de lo que esperaba. Los huesos de sus caderas presionaban contra las nalgas de Moa a un ritmo rápido y constante, y apenas tenía tiempo de recuperarse entre las embestidas. Consumida por él, se deslizó sobre el escritorio, tumbando bolígrafos y papeles a su paso. Era demasiado bueno para ser verdad, pero definitivamente estaba pasando. El encuentro duró un tiempo, alternando entre el escritorio, el sofá, y el escritorio de nuevo, hasta que Moa explotó de deseo.

Cuando finalmente llegó a la fiesta, con varias horas de retraso, el resto de los estudiantes estaban mucho más intoxicados de lo que ella llegaría a estar esa noche. Moa quería contarle a Cilla sobre la cadena de eventos fortuitos, pero no pudo encontrarla por ningún lado. Una chica del año anterior a Moa, se acercó para que los "alcanzara", en sus propias palabras. Pero Moa la rechazó con amabilidad y se acercó a Simon, uno de los amigos de Cilla. Simon tenía una cerveza en la mano mientras hablaba con un tipo que estudiaba cinematografía. Moa le dio un golpecito en el hombro y cuando se dio la vuelta parecía sorprendido y un poco nervioso.

—¿Has visto a Cilla? Moa tuvo que gritar para que él pudiera escucharla por encima de la música.

Simon negó con la cabeza y se acercó a ella para no tener que gritar.

—Se fue hace un rato. Bebió demasiado, así que seguramente se sintió un poco mal.

Moa le dio las gracias y se dio la vuelta para marcharse, pero Simon la tomó por el brazo.

—Puedo ayudarte a buscarla —dijo y dejó su cerveza.

Registraron los salones donde se celebraba la fiesta y el pasillo exterior también, pero no había rastro de Cilla.

—¿Y si revisamos en la habitación? —sugirió Simon.

Moa asintió, sintiéndose repentinamente cansada después del emocionante encuentro de esa noche. Le dio un vistazo a Simon, que caminaba a su lado. Era guapo, a pesar de su estilo alternativo. Siempre lo había pensado, pero sabía que tenía novia y eso lo dejaba en la "zona de amigos", en palabras de Cilla. Cuando ya se acercaban a la habitación, Moa preguntó en broma:

—Entonces, ¿qué piensa tu novia de que andes por ahí buscando chicas?

—Eso se acabó en navidad —espetó Simon de golpe.

Moa se sobresaltó. De haberlo sabido lo habría abordado antes, siempre le había gustado Simon. Tenía un gran sentido del humor y claramente era un buen amigo que se preocupaba por Cilla.

—Oh, lamento escucharlo —dijo en voz baja y, sin poder evitarlo, agregó—. ¿Por qué?

—Porque me gustas tú, desde hace tiempo —musitó Simon con voz ahogada.

Acababan de llegar a la habitación que compartían Moa y Cilla. La puerta estaba ligeramente entreabierta. Moa no sabía qué decir, así que decidió abrir la puerta por completo y asomarse. Cilla yacía completamente inmóvil sobre su cama. Y había vómito en el piso.

—Oh, dulce Cilla —suspiró Simon y se acercó a la cama.

Moa seguía en trance por la conmoción y se quedó junto a la puerta, evitando desesperadamente acercarse a Simon.

—Voy a buscar con qué limpiar —dijo finalmente.

Media hora más tarde, Moa había limpiado todo el desastre de Cilla. Mientras que Simon le dio de beber un poco de agua, le ayudó a quitarse los zapatos y los pendientes. Eran las 2 de la madrugada cuando Simon finalmente se levantó de la cama de Cilla.

—¿Estarás bien? —le preguntó.

Moa asintió y le dio las gracias por ayudarla.

—Tal vez no debí decirte nada. —Titubeó, mirando al piso.

—¿La rosa era tuya? —preguntó Moa y señaló con la cabeza el vaso que había usado como jarrón.

Simon asintió.

—Es hermosa —dijo con una sonrisa. —Fue una larga noche, tal vez podamos discutirlo mañana. Si quieres, claro.

Simon le sugirió que pasara por su habitación en algún momento después de la cena, y ella prometió que lo haría. Sin saber realmente en lo que se estaba metiendo, se acostó y se quedó dormida en cuanto su cabeza tocó la almohada.

El día siguiente era viernes, y aunque Moa no había bebido nada de alcohol la noche anterior, sentía la cabeza llena de algodón y luchaba por concentrarse en el taller de literatura. Cilla, por supuesto, tenía una terrible resaca y había decidido quedarse acostada. No era el momento ni el lugar para hablar de los tumultuosos acontecimientos del día anterior, así que Moa decidió esperar hasta que Cilla estuviera en condición para chismes y secretos. Moa se preguntó si sería buena idea hablar con Stefan de lo ocurrido, pero decidió que lo mejor era asumir que era un hecho aislado y que la idea de una relación era imposible. Cuanto más lo pensaba, más se convencía de que tal vez no era muy buena idea contárselo a Cilla, ni a nadie.

Pasó la tarde transcurrió en un difuso estado de fatiga y finalmente Cilla se sintió mejor y quiso comer comida chatarra, viendo una serie. Moa dijo que había prometido ayudar a alguien con algo, despertando las sospechas de Cilla.

—Esa es la peor excusa del mundo. ¿Vas a encontrarte con tu amante secreto, o qué? —bromeó.

"Si supieras", pensó Moa pero no dijo una palabra.

La habitación de Simon estaba en otro edificio, así que Moa tuvo que armarse con la chaqueta y zapatos adecuados para soportar el frío helado. Ya estaba oscuro afuera, a pesar de que aún no era de noche, pero el cielo estaba despejado y con estrellas. La luna estaba casi llena e iluminó su recorrido, mientras caminaba a toda prisa. Una vez dentro del edificio, encontró fácilmente la habitación en planta baja. Simon y su compañero de cuarto estaban sentados en sus respectivas camas, escuchando música, cuando Moa llamó a la puerta. Él le ofreció algo de beber a Moa, ella se sentó y escuchó la conversación de ambos, que parecía girar en torno a un disco que ella no había escuchado. Después de un rato, Simon sugirió que fueran a dar un pequeño paseo, solos, y salieron juntos a la oscuridad de la noche.

—Lo siento —dijo él cuando salieron al patio—. Se suponía que Jonas iría a casa por el fin de semana, pero cambió de planes. No me atreví a pedirle que se fuera.

—No hay problema —respondió Moa sacando una caja de cigarrillos de su bolsillo.

Le ofreció uno a Simon y ambos fumaron en silencio durante unos minutos. Eventualmente, Simon aclaró su garganta y dijo:

—No estás obligada a corresponderme... quiero decir, sólo quería ser sincerar mis sentimientos. Es un buen propósito de San Valentín, ¿verdad?

Moa asintió y dio una calada al cigarrillo.

—Me hizo muy feliz —dijo—. Pero pensé que era de alguien más.

—Auch. —Rió Simon—. ¿Alguien que te gusta?

Moa estuvo a punto de protestar y se dio cuenta de que no debió haberse expresado así, pero Simon intervino.

—No, en serio, no hay problema. Yo entiendo. De todos modos nunca te abordé ni te dije nada. Sólo es algo que tenía rato dando vueltas en mi cabeza. Golpeó su frente y sonrió un poco desanimado.

—Una rosa cuenta como cortejo, ¿no? —preguntó Moa.

—Supongo que sí —dijo Simon.

Moa asintió y tembló de frio. Se arrebujó en su chaqueta.

—Ah, esta fue una idea muy tonta, ¿no? —dijo Simon—. ¿Por qué quedarnos estar aquí afuera y soportar el frío cuando podríamos estar dentro de la biblioteca besándonos?

—Está cerrada. —Moa soltó una risita sorprendida.

Al mismo tiempo, podía sentir un hormigueo familiar extendiéndose entre sus muslos. Sabía muy bien lo que eso significaba. Simon se sacó una llave del bolsillo y la balanceó ante sus ojos. Moa no pudo evitar sonreír ante su ingenio. Su mente estaba más o menos decidida; quería cogerlo.

—¿Y no te molesta besarme y que signifique algo más para ti? —preguntó, mientras Simon tomaba su mano y la guiaba hasta la biblioteca.

—Un poco —murmuró sobre su hombro—, pero sobreviviré.

La biblioteca estaba a oscuras, y Simon le explicó que no podían encender ninguna luz, Moa comprendió. No podía entender cómo había conseguido la llave, pero Simon se negó a revelar detalles. Juguetearon entre las estanterías por un rato, tomaron libros que ya habían leído y se buscaron el uno al otro en la penumbra. De repente, Moa perdió de vista a Simon. Aguzó el oído pero no pudo escuchar nada. Como salidas de la nada, un par de manos atacaron su cintura. Moa gritó y soltó y una risita cuando Simon le hizo cosquillas, pidiéndole que bajara la voz.

El jugueteó se convirtió rápidamente en un vaivén, mientras Simon la abrazaba por detrás. Buscó su rostro con las manos y, al encontrarlo, se dio la vuelta y lo besó. Las maneras de Simon eran suaves pero ansiosas. Deslizó una mano dentro de su suéter y comenzó a acariciar sus senos. Una estantería sirvió de apoyo para que Simon siguiera acariciándola. Los pezones de Moa se irguieron cuando Simon apretó uno, lo tironeó suavemente y ella jadeó. Siguieron besándose, sonriendo y jugando con sus labios. A medida que Moa se inclinaba sobre los libros, sentía que se movían para hacerle espacio a sus hombros. Simon abandonó su busto, bajó por su estómago y siguió bajando hasta que tuvo que desabrochar los pantalones para poder seguir.

Envueltos en la oscuridad, sus movimientos dejaron de ser juguetones y se convirtieron e algo más privado, más firme y más rítmico. Ella inclinó su cabeza hacia atrás, sintiendo los labios de Simon entre sus muslos desnudos, abriéndose paso hacia su sexo. Los roces ligeros, como de pluma, la hicieron estremecer y ondas de placer recorrieron su cuerpo. Cuando él finalmente deslizó la lengua por su entrada, ella ya estaba jugosa y caliente. Simon no era ningún novato, eso era evidente.

Se tomó su tiempo y se aseguró de que Moa acabara varias veces, intentando diferentes técnicas para descubrir sus preferencias. Moa se sentía casi embriagada por tanta estimulación en el clítoris y había perdido totalmente la noción del tiempo. Lo único que le importaba era sentir la lengua y los labios de Simon, que a veces eran delicados y a veces bruscos. Luego se acostaron uno al lado del otro en el piso, Moa jadeaba y Simon tenía una gran sonrisa en el rostro. Mientras yacían allí, Moa se dio cuenta de algo. Le gustaba mucho este chico. Lo estudió en la oscuridad, trazando su silueta con la mirada. Simon la miró y sonrió.

—¿Te gustaría pasar la noche conmigo? —preguntó.

Moa aceptó. Se vistieron y se escabulleron a través del patio, tomados de la mano, de vuelta a la habitación de Simon. Cada vez que pensaban haber escuchado un ruido o visto a alguien que podía descubrirlos, se pegaban a la pared y se reían en susurros. Las luces ya estaban apagadas en la habitación de Simon, y en seguida se acurrucaron debajo del edredón.

Al despertar, la mejilla de Moa estaba pegada al brazo de Simon, que dormía profundamente. La diminuta habitación estaba caliente y sofocante. Miró a la esquina opuesta de la habitación, donde estaba la cama de Jonas y vio que él también dormía. Moa se deslizó de los brazos de Simon tan silenciosamente como pudo y se levantó de la cama para vestirse. De repente, Jonas se sacudió y la miró.

—Hola —susurró ella—. ¿Podrías decirle a Simon que no quise ser grosera, pero que debo entregar un ensayo hoy?

Jonas asintió. Moa cerró la puerta al salir y volvió corriendo a la habitación que compartía con Cilla. El resto del fin de semana, Moa se centró en el trabajo que había estado posponiendo y tuvo que esquivar los reclamos de Cilla, que quería saber lo que Moa había estado haciendo el viernes por la noche. Terminó su ensayo justo antes de la fecha límite entrega y, por primera vez en mucho tiempo, estaba orgullosa de lo que había escrito. Lo imprimió y decidió entregarlo en persona. Así tendría la oportunidad de discutir con Stefan lo que había pasado el día de San Valentín, decirle que no esperaba nada de él y que solo debían olvidarlo todo. Ese era el camino más maduro y responsable.

Satisfecha con su decisión y orgullosa de su texto, caminó por el pasillo hasta la oficina de Stefan. Él estaba visiblemente irritado cuando abrió la puerta y al principio no parecía entender qué hacía ella allí. Cuando ella recordó el texto que debía editar, finalmente la dejó entrar. El ambiente en su oficina era completamente diferente al de la última vez. La acogedora estancia estaba irreconocible bajo una luz grisácea y fría y, sin las velas parpadeantes, parecía una oficina aburrida.

—Bueno, echemos un vistazo —dijo él y extendió su mano.

Moa le entregó el trabajo y notó que observaba los papeles con el ceño fruncido.

—¿Pasa algo? —preguntó con cautela.

—No, todo bien. —Suspiró Stefan frotándose los ojos.

Moa no se había dado cuenta, hasta ese momento, de que lucía muy demacrado.

—Oye, sobre el jueves pasado... —comenzó a decir pero él la interrumpió.

—¿A qué diablos juegas, Moa?

Moa quedó en shock, no supo qué decir ni cómo reaccionar. Pero él no esperaba ninguna respuesta y continuó.

—Tienes relaciones conmigo, y a la noche siguiente te veo corriendo por la nieve con un tipo. ¿Qué edad tiene? Pensé que eras una muchacha sofisticada, con buen gusto y dignidad.

Stefan la miró sin parpadear. Parecía decepcionado y excitado al mismo tiempo. Los instintos de Moa le decían que huyera de inmediato, pero se escuchó decir:

—Sólo... sólo es un amigo.

—No parecía ser un amigo mientras se besaban en la oscuridad —dijo Stefan

¿Cómo podía tener ese efecto en ella? Estar en la misma habitación con él, la ponía caliente y eso le molestaba. ¿Tal vez tenía razón? Es decir, Simon era un buen chico, pero la alternativa era Stefan. Stefan el hombre intelectual, carismático y extremadamente guapo, relacionado con la mitad de la élite cultural de Estocolmo, con el que todas las chicas de su clase soñaban. No negaba que Simon le gustaba desde hace tiempo, que lo había estado observando a distancia, pero nunca había pensado que las cosas pasarían a mayores mientras él tuviera novia. Por otro lado, ni en sus sueños más descabellados habría imaginado que Stefan podría interesarse en ella. Y sin embargo, aquí estaba, con expresión de dolor. Más bien, de celos. Lo cual era increíblemente halagador. Moa estaba avergonzada por sentirse así.

—Pensé... que esto era cosa de una sola vez —dijo titubeante.

Pareciera que a Stefan le hubiera caído un rayo.

—¿Así que este era tu plan? —dijo lentamente—, ¿seducir al profesor y divertirte un poco a mis expensas? ¿Le dijiste a todos tus amigos que tendrías sexo con el gran escritor?

—No —dijo Moa—. Parada nada. No se lo he dicho a nadie.

Stefan la ignoró y continuó con el reclamo.

—Ya me cansé de las jovencitas como tú, para ustedes todo es un juego y no parecen entender que sus acciones tienen consecuencias para otros.

Moa levantó la voz y habló más rápido qu él. Cualquier cosa para evitar que las cosas tomaran caminos ofensivos.

—Lo siento. No creí que estuvieras realmente interesado. No de esa manera. Quiero decir, ¿por qué querrías tener algo conmigo?

Stefan la observó, con una mirada de renovada excitación. Esa mirada le recordó su último encuentro y, al igual que la última vez, algo se movió dentro de ella. Sin mediar palabra, se lanzaron uno sobre el otro al unísono y se besaron, con intensidad y avidez. Moa mordió el labio de Stefan, pero a ninguno de los dos les importó mucho. Sus manos fuertes desabrocharon sus pantalones y su blusa, y cuando ella trató de ayudarlo, él la apartó. Ella se relajó con sus caricias, y se dejó llevar por sus manos.

Una vez más la llevó hasta el escritorio, donde su aventura habían comenzado, y la desvistió de la cintura para abajo de un tirón. Le desabrochó la blusa, le bajó el sostén para liberar sus senos y abrió la blusa para que quedaran expuestos. Mientras se desabrochaba sus propios pantalones, le ordenó que empezara a tocarse. Así lo hizo ella. Él también acarició su pene y Moa se mojó de solo pensar en lo que seguiría. Cuando le dijo que estaba lista, él la tomó por las caderas y la giró sobre el escritorio, de espaldas a la puerta. Tras acariciar sus senos, separó sus piernas y se inclinó hacia adelante sobre el escritorio. Cuando la penetró, se sintió incluso mejor de lo que recordaba de la última vez que estuvieron juntos.

Justo en medio de su segundo orgasmo, Moa escuchó que alguien entraba a la oficina de Stefan diciendo algo. Luego escuchó un grito y el sonido de cerámica rompiéndose. Stefan se detuvo y se dio la vuelta. Y también Moa. Birgitta, otra profesora de literatura de Moa, estaba en la puerta de la oficina de Stefan, paralizada y con los ojos abiertos de par en par. A sus pies, había una taza de café rota sobre un pequeño charco de café.

—¡Maldición, Stefan! Había oído los rumores, pero no pensé que te rebajarías tanto, Moa... Los ojos grises de Birgitta miraban fijamente a Moa, y ella solo quería que se la tragara la tierra.

«Por favor, sáquenme de aquí» fue todo lo que pudo pensar.

—Voy a reportarlo de inmediato —dijo Birgitta y cerró la puerta.

Stefan gruñó y se alejó de Moa. Empezó a decir algo mientras se abotonaba los pantalones, pero ella ya había salido corriendo por la puerta.

Una semana más tarde, Moa iba en el autobús de regreso a Estocolmo. El director la había interrogado y ella lo había confesado todo, el resultado fue la expulsión de Stefan con efecto inmediato. Moa también decidido marcharse. Cilla había intentado disuadirla, pero el rumor se había extendido como pólvora por toda la universidad, no podía entrar a una habitación sin que se murmurara a sus espaldas. Al mismo tiempo, un antiguo vacío ahora estaba lleno con una sensación de ansia, y un nuevo tipo de osadía crecía dentro de ella.

Se le había ocurrido una noche, mientras estaba acostada en su cama sin poder dormir, pensando en lo todo lo que había pasado. Pensó en las palabras de Stefan en la primera nota. En retrospectiva, comprendió que él había abusado de su cargo y que ella no había sido precisamente la primera estudiante con la que tenía una aventura. Sin embargo, había recalcado algo. Virginia Woolf, Harper Lee y Mary Shelley fueron autoras realmente increíbles, aunque ninguna de ellas fue instruida en el arte de la escritura. Justo en ese instante, Moa decidió regresar a la ciudad para darle un nuevo giro a su creatividad. Sin ensayos ni informes que entregar y sin profesores; se despidió de una vida de conformidad universitaria.

Cuando subió al autobús, seguía convencida de que había tomado era la decisión correcta. La nieve había empezado a derretirse en la ventana del autobús, y se preguntaba cómo luciría ahora Estocolmo. Tal asomaba alguna flor primaveral de la tierra, entre hojas otoñales, o las aves regresaban en bandadas después de sus vacaciones en el exótico hemisferio sur. Mientras Moa viajaba soñando despierta, algo vibró en su bolsillo. Sacó su celular y leyó el mensaje de texto:

"Mentiría si dijera que no me entristece que te vayas, pero sobre todo, me alegra que sigas tu camino.

No me importa lo que digan todos.

Creo que debes tener una buena razón para hacer lo que estás haciendo. Si quieres, me gustaría visitarte en Estocolmo.

Y si no quieres, me alegra haberte conocido.

Simon XX"

Moa leyó el mensaje una y otra vez, y sintió el calor extendiéndose por todo su cuerpo mientras pensaba en la rosa roja que le había regalado su admirador secreto. Que ya no era tan secreto. La primavera estaba floreciendo, y con ella, su anhelo de escribir. Por todo su cuerpo latía ese deseo de escribir. Moa miró por la ventana, con la mirada fija en el clima gris y húmedo, y sonrió.